LES ANI
DU « TASSILI »

AKLI TADJER

LES ANI DU « TASSILI »

roman

ÉDITIONS DU SEUIL
*27, rue Jacob, Paris VIe*

ISBN 2-02-006890-7

Ça y est, me voilà au port. Dans deux heures ce sera le départ. Deux heures, le temps qu'il me faudra sûrement pour en finir avec l'habituel guêpier que constituent les formalités des administrations douanières et policières...

La veille, à l'hôtel, j'avais pour la énième fois inspecté mon portefeuille... une fois de plus tout était en place : carte de résidence, passeport, carte du service national... J'avais même osé pousser le vice jusqu'à emporter avec moi ma carte d'immatriculation consulaire qui, en principe, ne pouvait leur être d'aucune utilité mais, sait-on jamais? On m'a trop souvent raconté les mille et une déconvenues de voyageurs refoulés du port ou de l'aéroport parce que tel ou tel certificat leur faisait défaut. Mais là, il ne me manquait rien. J'ai donc pu passer une nuit tranquille, la dernière de mon séjour dans ce complexe hôtelier qui m'avait si chaleureusement accueilli la dernière semaine. Sûr qu'en arrivant dans ma banlieue, je vais le regretter.

J'y ai passé de bons moments, sans aucun doute les meilleurs de mon stage d'adaptation volontaire. Safia, l'hôtesse de la réception, y était pour beaucoup... il me semble...

Pourquoi dis-tu « il me semble »? C'est de la timidité, de la pudeur, ou de l'hypocrisie... tu sais très bien que t'en es tombé amoureux, grand couillon!

L'hôtel, la plage de sable fin, la mer, la petite tasse de thé sur le coup de quatre heures, tu t'en tamponnais le coquillard comme de ton premier couscous...

Vrai ou faux?

C'est vrai, sans Safia, je ne serais pas resté une nuit de plus aux Sables d'Or de Zéralda. J'aurais pris mes cliques et mes claques et serais parti voir ailleurs quel temps il pouvait bien faire... Mais elle était là, sa voix, son éternel sourire, ses longs cheveux roux, son humour que je ne saisissais pas toujours, les œillades qu'elle me distribuait à chaque fois que je me rendais, serviette autour du cou, me baigner. Et puis, je l'avoue, l'espoir de l'entendre frapper à la porte de ma chambre que je laissais volontairement entrouverte. Hélas, seuls les chats chétifs et osseux qui remontaient des cuisines osèrent s'aventurer dans mon antre. Je les chassais aussitôt à grands coups de babouches, avant d'aller en désespoir de cause claquer la porte.

Il ne me restait que mes fantasmes inassouvis. Il m'arriva même de la penser si fort, Safia, que la nuit dernière, je dus me lever pour éjecter en catastrophe une belle giclée de glucose. Une fois vidé, soulagé, je m'amusai à noyer les spermatozoïdes en ouvrant à fond le robinet d'eau fraîche. Eh oui ma belle! si t'avais vu dans quel état j'étais...

Après avoir rempli ma fiche de police, je me dirigeai vers le poste de douane. Un douanier, mains enfoncées dans les poches de sa vareuse, ne prit ni la peine de m'adresser la parole ni celle d'ouvrir mon bagage, et d'un hochement de tête, me fit comprendre que j'avais « feu vert ».

Bizarre, bizarre, ce gaillard qui me laisse filer sans mot dire. De toute façon, qu'aurais-je pu exporter d'illégal?

Maintenant, police des frontières. J'ai jamais été à l'aise devant un képi et ça quelle que soit sa forme ou sa couleur. Peut-être la peur de l'uniforme? Peut-être la manière qu'ils ont de vous toiser? Femmes, hommes, vieux, jeunes, gros, minces, tronches de prolos, profils de cadres sup... Nous sommes tous d'hypothétiques suspects d'un délit qu'ils leur restent à inventer pour justifier le bien-fondé de leur raison d'être. Je déteste être suspecté quand j'ai la conscience tranquille.

Deux personnes devant moi... Tiens, c'est le couple de petits vieux qui m'avaient demandé de remplir leur formulaire d'embarquement... Dans un instant mon tour. J'angoisse... J'allume une Hoggar pour me calmer... Le filtre se décolle. Ma main droite se met à trembler. A chaque fois c'est pareil. Que se passe-t-il? Ça traîne! Déjà dix bonnes minutes que ça parlemente devant. Je me décale légèrement du rang. J'aperçois dans la guérite un blouson bleu ciel chaussé d'une petite tête ronde qu'une calvitie naissante a déjà bien entamée. Je tends l'oreille et comprends vaguement que les choses ne sont pas claires : les mille et une déconvenues...

– Pour moi, vous n'êtes pas mariés. Vous vous appelez Rahmane, et Mme Rahmani. Vous auriez dû faire corriger vos passeports quand on vous les a remis... Comme ça, c'est pas légal. Je peux pas vous laisser passer. Comprenez-moi !

Monsieur et Madame ne l'ont pas compris. Diable ! serais-je tombé sur l'incorruptible du commissariat du port ? Le Kojak de Bab el-Oued ?

– Ah m'sieur l'policier, ça fait quarante ans que j'suis marié avec ma femme. T'étais pas né ça s'trouve... et pis tu sais, si j'savais lire j'aurais pas d'mandé au jeune homme derrière moi de remplir ma fiche d'barquement !

Monsieur s'énerve, glaviote à terre, éclabousse les souliers de Madame.

Petit Flic Futur Chauve me regarde. Nos regards se croisent. Je baisse les yeux. J'écrase ma cigarette. Je rentre dans le rang. Le ton monte.

« Ça suffit ! De toute manière, tu dois en voir tous les jours des fautes comme ça ! s'égosille Monsieur.

Madame, elle, se tait.

Attiré par tout ce raffut, un supérieur qui faisait la navette de guérite en guérite arrive.

– Qu'est-ce qui se passe ici ! aboie-t-il.

Petit Flic Futur Chauve sort de sa guérite et s'en va, passeports en main, expliquer en aparté l'obscure histoire qui le préoccupe. Son chef saisit les deux livrets, feuillette les pages, les lui rend et opine du chef.

Petit Flic Futur Chauve revient en trottinant, se rassoit dans sa cabine, tend les passeports.

– Bon, ça va pour cette fois, soupire-t-il, mais quand vous serez de retour, faites rectifier l'erreur... Vous n'aurez pas toujours la chance de tomber sur quelqu'un d'aussi indulgent que moi.

D'une main fragile et hésitante Monsieur reprend les passeports, puis, bagages en main, ils s'en vont se diluant dans la foule.

Je vais bien avoir affaire au plus zélé de tous les flics du tiers monde. Moi qui pensais avoir fait le bon choix, c'est raté. Je m'étais dit, tiens cette file de voyageurs, à n'en point douter, avance plus vite que les autres. Le responsable qui en a la charge doit bâcler son travail, je fonce. J'ai même émis l'hypothèse qu'il pouvait être pressé de regagner sa douillette Casbah... Bien fait pour ma gueule, ça m'apprendra à me fier à mon instinct...

Ma main droite tremble de plus en plus. Je la plonge dans le fond de ma poche... Soyons le plus naturel possible... Je me contorsionne pour retirer mon portefeuille avec la main gauche. Impossible, la poche intérieure de ma saharienne est à gauche!

« Alors, qu'est-ce que tu fais? Dépêche-toi! braille-t-il.

C'en est trop. Je sors ma main droite de ma poche; non contente de trembler, elle est complètement moite.

« T'es sourd, passeport!

Je donne mon petit livret vert. Il prend un air inspiré. Il lit la date d'entrée, regarde la photo, me dévisage. Coup de tampon sur le passeport.

« Service national!

Je lui remets mon carnet. Il note sur un registre mon nom et je ne sais quel numéro, me le rend puis me donne un ticket jaunâtre où est inscrit « bon pour embarquement ».

Dans la précipitation, j'empoche la fiche bleutée de police que j'avais auparavant méticuleusement remplie en n'omettant surtout pas d'écrire en capitales « Algérienne » à la question « Origine ». On ne me la ferait pas deux fois. Déjà en arrivant à Alger...

Je fus la naïve victime de ce formulaire-piège en pensant qu'étant né à La Garenne-Colombes j'étais d'origine française. Les quolibets du flic de service ne tardèrent pas à fuser.

« Bienvenue en Algérie, fils de Madame la France! Bonjour monsieur de La Garenne-Colombes, ironisait-il.

Et moi de trouver cela amusant et lui de ne pas apprécier du tout le timide sourire qui se dessine sur mes lèvres.

« T'as un passeport algérien, tes origines sont algériennes. Que tu sois né à Paris, New York ou Moscou, ça ne change rien! D'ailleurs je vais te donner un exemple significatif : est-ce qu'un Voltaïque qui serait né à Stockholm serait d'origine suédoise?

Le bon sens m'avait foudroyé. J'étais comme KO technique. Je mis quelques instants avant de refaire surface. On pouvait donc être d'origine algérienne tout en ayant vu le jour dans les Hauts-de-Seine...

– Mais alors, pouvez-vous m'expliquer pourquoi il y a deux questions à mon avis différentes pour la même réponse Origine – Nationalité?

Ma question lui parut sans doute trop stupide pour qu'il daigne amorcer un début de réponse et, dans un dernier rugissement, il me somma de passer mon chemin.

Je n'insistai pas et passai mon chemin...

Combien avais-je pu faire de pas? deux, trois, quatre au maximum, que la voix nasillarde de Petit Flic Futur Chauve m'interpella de nouveau.

– Eh toi là-bas!

– Moi?

– Oui toi, reviens ici, aboie-t-il; rends-moi la carte de police!

– La carte de police? Quelle carte de police?

Cette fois, ce sont mes deux mains qui se mettent à trembler, de plus, ma vessie fait des siennes...

– Tu l'as mise dans ton portefeuille... Je l'ai vue!

S'il l'a vue, dans ce cas... J'ouvre mon portefeuille, mes mains tremblent tellement que mes papiers en tombent à terre.

« C'est la carte bleue à côté du passeport!

Je la lui rends, remets mes papiers à toute vitesse dans mes poches et m'excuse. Il ne m'écoute plus... Au suivant... Passeport... Service national...

Ouf! j'en ai terminé. Encore deux minutes et je craquais. Vite les lavatories.

Combien avais-je pu faire de pas? deux, trois, quatre maximum qu'une grosse paluche velue, baguée d'une alliance en or, me tape sur l'épaule comme au cinéma... Encore un flic...

– Le contrôle des changes, c'est p't-être moi qui vais y aller à ta place?

– Quel change?

– L'argent, les devises, s'écrie-t-il en frottant son pouce contre son index.

– J'ai rien à changer, j'ai plus d'argent m'sieur l'agent.

– On dit ça, on dit ça... Allez suis-moi!

J'obtempère parce que je peux pas faire autrement. Où va encore me mener cette nouvelle embrouille? Dieu seul doit le savoir. Et encore, je suis certain qu'il n'est pas au courant de toutes ces basses mesquineries terriennes.

« Fais la chaîne ici, tu verras avec les dames qui sont dans la guérite.

– J'fais la queue ici m'sieur l'agent?

– Pas la queue, la chaîne! dit-il en roulant des yeux.

Ah! royaume des tabous, quand tu les tiens!

Je m'aligne dans le rang anarchiquement organisé. En effet je vois dans une guérite deux femmes qui fouillent les sacs à main, les vestes, les portefeuilles. Les pantalons elles n'osent pas... Je vais devoir justifier de ma misère à la plus âgée des deux... Pas l'air très aimable. Même pas le temps d'essayer de comprendre dans quel sens pouvait se lire son immense tatouage sur le front que...

– Qu'est-ce que tu as comme argent?

Je trifouille le fond de mes poches, sors trois cent cinquante dinars que j'étale sur son guichet.

« Argent français, les devises!

– J'en ai plus. J'ai tout déclaré. J'ai tout dépensé. Vous savez, la vie est chère, me sens-je obligé d'ajouter.

– Oui, oui; bien sûr, miaule-t-elle; tu vas quand même me donner ton portefeuille.

– Pourquoi, vous trouvez pas que la vie est chère?

– C'est pas le problème de l'instant... Moi, je veux savoir si tu as des devises.

– Ben, je vous ai dit que non, vous n'avez pas confiance?

– Je ne suis pas là pour faire confiance! Bon, ça vient? T'es pas tout seul!

Avec un soupir, qui me sort du tréfonds de je ne sais où, je tends mon portefeuille.

« Où habites-tu? demande-t-elle en plissant ses paupières, ce qui a pour effet immédiat de donner à son tatouage à géométries variables des formes surprenantes. Tantôt une croix façon croix du Sud, tantôt un croissant qui n'attendrait plus que son petit café noir.

– A La Garenne-Colombes, madame...

Mais quel rapport? Devient lourde, la tatouée!

– Si t'as plus d'argent, à ce que je vois, comment vas-tu faire pour remonter jusqu'à chez toi, hein!?

Je fais semblant de ne rien piger. Une tactique que plusieurs de mes compatriotes m'ont recommandée.

« Mais ma parole, tu comprends pas l'arabe! Ça se voit que t'es un immigré! Vous êtes tous les mêmes. Vous ne faites aucun effort pour comprendre la langue de votre pays et vous pensez encore être des Arabes! Honte à vous et honte à vos parents! termine-t-elle en pointant son index entre mes yeux.

– Exact, madame, vous ne pouviez pas mieux dire. Nous sommes comme le Canada Dry. Nous avons des noms d'Arabes, nous sommes aussi bronzés que des Arabes, mais nous ne sommes plus vraiment des Arabes!...

– Quoi? grommelle-t-elle.

– Le Canada Dry, vous connaissez pas?

– Ah! te moque pas de moi, sinon... Sinon j'appelle un policier pour s'occuper de ton cas et, avec lui, t'auras tout le temps pour parler géographie... Mal élevé!

Sa collègue de guérite, attirée par l'odeur de la fameuse boisson venue des USA, vient mêler son grain de sel à la conversation.

– Qu'est-ce qu'il a celui-là?

– C'est un immigré qui pense m'impressionner en me sortant des noms étranges venus d'ailleurs.

– Et qu'est-ce qu'il t'a dit?

– Il dit qu'il est comme le Ghana dry...!

– Pourquoi il dit ça? Il n'est pas noir... Allez, va, laisse-le passer... Il doit être cinglé... Tous tarés les gosses de Madame la France.

– Oh! non, ça serait trop facile. Si on ferme les yeux une fois, qui sait où cela vous mènera? » Ne désarmant pas, elle poursuit : « Tu m'as toujours pas expliqué comment tu comptais te rendre chez toi?

Mais est-ce que je lui demande comment elle va rentrer chez elle ce soir?

Ah! royaume du questionnaire, quand tu les tiens!

Et puis merde! je vais lui répondre, advienne que pourra :

– Eh bien! écoutez.

– J'écoute.

– J'ai un compte bancaire à la Société générale.

Je lui colle mon chéquier sous le nez. Elle acquiesce mais n'a pas l'air d'apprécier que je joigne le chèque à la parole...

« En arrivant à Marseille...

– Tu vas arriver dimanche à Marseille, et le dimanche les banques sont fermées, ricane-t-elle, cynique.

Poisse! poisse! poisse!

– C'est vrai, merde! Je n'y avais pas pensé.

– La politesse, tu connais pas?

Je crois que femme tatouée va me rendre fou. Maman, je craque, je vais capituler.

« Allez, ça va comme ça. Tu feras comme tu l'entends,

après tout c'est ton affaire, dit-elle en souriant, et puis maintenant j'ai la conviction que tu n'as pas dissimulé d'argent sur toi... T'as le genre. Tiens, ton portefeuille!

– J'peux partir alors?

– Oui, passe!

– Au fait, madame, où j'peux changer les dinars qu'il me reste?

– Trop tard; c'était à la banque qu'il fallait aller... Donne-les à un de tes parents. Ça lui servira quand il viendra au pays.

Sur ce lumineux conseil, je la remercie et m'éclipse. Quel con! elle m'a traîné dans la fiente, s'est foutue de ma gueule et c'est moi qui la remercie.

★

A présent que je suis sorti à peu près indemne de ce parcours du combattant, je vais pouvoir en toute sérénité, je l'espère, soulager ma vessie.

Ouf, ça va mieux! Sorti des tines, je cherche un miroir pour voir si j'ai encore un visage humain. En vain; il n'y a pas plus de miroir que d'essuie-mains. Je resterai donc avec ma gueule peut-être encore humaine et les mains mouillées.

Je m'affale sur un des sièges de l'immense hall qui fait office de salle d'attente. Je décompresse. Ça va beaucoup mieux. Le va-et-vient vers la buvette des rescapés de la grande aventure poliço-douanière me donne soif. Je pars dépenser mes derniers dinars. Le kiosque n'a pas l'air très achalandé... Je verrai bien...

– Oui, Mohamed!

– J'voudrais une bouteille de jus d'orange, deux Selectos, et un grand paquet de gâteaux. C'est pour le voyage.

– Tu t'crois au Souk el-Fellah, dit-il en éclatant de rire... Non mon frère, j'ai rien de tout ça.

– Rien du tout? Qu'est-ce que vous avez alors?

– J'ai des petites boîtes de pamplemousse, c'est tout, mais ça tu peux en prendre tant que tu veux, dix, vingt, trente boîtes... J't'en mets combien?

J'ai horreur du pamplemousse. Je vais être bon pour me trimbaler jusqu'à La Garenne-Colombes avec cette ferraille, ces billets de Monopoly, ces pétro-dinars non monnayables. Si j'avais su, j'aurais tout claqué en boîte avant-hier avec Madjid, le planton de l'hôtel des Sables d'Or.

– Alors mon frère, tu te décides! lance le barman.

– Ben, non! Tant pis! J'veux rien... Tant pis. Tant pis. Tant pis.

C'est incroyable le nombre de fois que l'expression « tant pis » revient dans les conversations. Un pays de « tant pis » en somme.

Je m'en retourne m'asseoir en allumant ma dernière Hoggar. Je jette le paquet vide. C'était la dernière d'une longue série...

★

A mon voisin : « Combien de temps avant le départ? » Il ne me répond pas. Je renouvelle ma question. Il se retourne.

– Oui?

– Combien de temps encore avant le départ?

– Quoi?

J'ai dû mal prononcer. Je simplifie :

– Quelle heure est-il?

Là, je suis sûr d'avoir correctement prononcé. Il enfonce la main dans la poche de son pantalon, sort une montre sans bracelet, me répond. Je n'ai rien compris. Je n'ose pas le faire répéter. Je fais mine d'avoir pigé et remercie.

★

Quelques femmes, bagages entassés à leurs pieds, restent rivées à leur siège. Des hommes reviennent du bar les bras chargés de petites boîtes de pamplemousse. Les enfants sont comme tous les enfants du monde. Ils chahutent, ils crient, ils courent dans tous les sens. Les parents font comme tous les parents du monde. Ils cavalent après leurs rejetons, promettent une bonne fessée s'ils ne se calment pas. Pas de doute, ce sont des gens de parole. Petit Rouget qui saute de fauteuil en fauteuil depuis un bon quart d'heure a gagné. Son père se lève. Il se rassoit. Il ne veut pas avoir l'air ridicule. Il envoie l'aîné chercher Petit Rouget. Petit Rouget qui a compris se sauve. Grand Frère le rattrape au bout de trois tours de salle d'attente. Petit Rouget est ramené *manu militari.* Petit Rouget grimace. Papa se lève et lui offre une généreuse baffe dans la gueule. Petit Rouget pleure. C'est beau la fraternité; Grand Frère peut être fier de lui.

Maman dit à Papa qu'il n'aurait pas dû, il y a du monde qui regarde. Petit Rouget pleure toujours. Mon voisin en rit. Ça ne m'amuse pas. Mon voisin se gratte le nez et fait mine de reprendre son sérieux.

★

Le temps ne passe pas... J'erre dans le hall... Rien d'autre à faire que de jouer l'inspecteur des travaux finis... Une plinthe qui s'est décollée, un pan de mur qui se lézarde, des retouches de peinture de couleurs différentes, un lampadaire fêlé qui menace à tout instant de lâcher prise. Sûr que ce n'est pas le souci du détail qui les étouffera...

Les flics de la police des frontières sortent de leur guérite. Ils en ont terminé avec le dernier passager. Tout le monde est là pour la grande traversée.

Certains paraissent heureux, d'autres rêvassent, d'autres enfin ont l'air franchement inquiet, l'exil se lit sur leur visage. J'appartiens sans conteste à la première catégorie. Eh oui! je suis heureux de partir de « chez moi » pour rentrer « chez moi ». Heureux de savoir que, de l'autre côté de la grande bleue, en banlieue parisienne, dans une cité de HLM comme il en existe des milliers, mes parents, mes amis m'attendent. Heureux aussi de ne pas faire partie de ceux, ô combien nombreux, qui ont dû quitter pays, parents, amis et que personne n'attend. Pauvres bougres! Demain matin, ils débarqueront à Marseille, valises en main et angoisse dissimulée dans le fond de leurs poches. Très vite, ils se rendront compte qu'ingratitude et solitude font bon ménage. Alors, comme tous les déracinés, ils n'auront d'autre espoir que de saisir un sourire sur les lèvres d'un enfant qui leur demandera : « C'est loin d'où tu viens, monsieur? » Eux souriront et répondront, désabusés : « Tu sais, mon fils, tous les chez moi mènent ailleurs... »

C'est ainsi que je m'imagine les premiers instants de l'exil...

A qui veux-tu faire croire ça? Tu sais très bien qu'en réalité cela ne se passe plus ainsi... Une chose est sûre, demain matin ils débarqueront à Marseille, à moins que Neptune ne nous joue un sale tour... Ils iront directement chez un frère, un cousin, un ami... ou chez toi. Ils te taperont de deux ou trois billets de cinq cents francs et te garantiront qu'ils ne resteront pas plus d'une quinzaine de jours, juste le temps de trouver un petit boulot au noir... Un mois plus tard, ils auront squatté ta chambre... Mais rassure-toi, ils deviendront plus modestes; les deux ou trois billets de cinq cents francs dépensés, ils ne te demanderont plus que deux ou trois billets de cent francs... Tu accepteras... Ils t'affirmeront en tapant du poing sur la table que dans une semaine tu n'entendras plus parler d'eux, parce qu'ils rentreront au pays... La semaine passera, ils seront toujours là... Tu seras à bout de nerfs... Vous vous disputerez, vous en arriverez presque aux mains... Eux feront semblant d'être vexés; ils crieront que tu les as humiliés et que toute l'Algérie entendra parler de la manière dont tu reçois tes frères. Ils iront jusqu'à prendre leur valise, mais traîneront dans l'appartement dans l'espoir que... Toi, pris de remords, tu leur diras de rester, tu iras même jusqu'à les supplier... Ils resteront... Ils te jureront sur la vie de leur mère qu'ils ont bien pigé le système français, te brosseront un beau circonstancié de la situation et concluront qu'il n'y a rien à gratter dans ce pays... Tu acquiesceras... Vous irez vous désaltérer au café du coin pour sceller cette nouvelle fraternité retrouvée... Entre deux verres, ils te glisseront à l'oreille qu'ils ne peuvent rentrer au pays les mains vides et que ce serait bien si tu pouvais les dépanner une dernière fois pour acheter des vêtements, et autres ustensiles qui font cruellement défaut outre-Méditerranée. Ils te donneront leur parole d'honneur qu'ils te les rendront dinars sur l'ongle quand tu viendras au bled... Tu leur feras comprendre qu'en ce moment ta situation pécuniaire n'est pas au beau fixe, mais que pour eux tu te débrouilleras, quitte à emprunter... Ils n'en croiront pas un mot, car ils pensent qu'un bon immigré a toujours de quoi voir venir... Ça t'agacera d'entendre de telles sornettes. Tu recommanderas une anisette que tu boiras cul sec... Ils réitéreront leur demande : « Tu prêtes ou tu prêtes pas? » Tu prêteras... Ils te remercieront, t'assureront qu'Allah te protégera, et que ta place au paradis est d'ores et déjà acquise car tout compte fait, tu es un homme bon... A ton tour, mine de rien, tu leur diras : « Quand comptez-vous repartir »... Ils te répondront : « Nous ne savons pas, il faut que nous réservions nos places »... Excédé, tu leur diras : « Ce n'est rien, je m'en charge »... Ils te remercieront mais feront la moue. Le lendemain matin, tu seras le premier client de l'agence de voyages et tu prononceras ces quelques mots magiques : « Un retour pour Alger, s'il vous plaît. » On te répondra : « Pour quand, monsieur? » Tu diras : « Le plus rapidement possible. » Le ou la préposé(e) aux réservations pianotera sur le clavier de son ordinateur et t'annoncera : « Après-demain soir à vingt heures trente, cela vous convient-il? » Dans un demi-soupir tu bredouilleras : « C'est parfait, je vous remercie. »

C'est ainsi que tu vivras les premiers jours de l'exil de tes frères.

(Pourquoi faut-il toujours que je dramatise...?)

★

Je pense à Safia... Que peut-elle faire à l'heure qu'il est...?

Une voix mielleuse et sensuelle s'évapore des immenses haut-parleurs placés aux quatre coins de la salle : « Les voyageurs à destination de Marseille sont priés de se présenter à l'embarquement, merci. » Message reçu cinq sur cinq. Tout le monde se bouscule bagages en main le long du corridor qui mène à la passerelle. Un flic, encore un, nous somme de nous aligner en file indienne puis nous réclame le ticket jaunâtre « bon pour embarquement ». Là, seulement, nous pouvons embarquer.

★

J'avais déjà par le passé utilisé à trois reprises les car-ferries de la Compagnie nationale de navigation algérienne; toutefois le *Tassili* était un bâtiment que je ne connaissais pas. Au dire des estivants qui l'avaient emprunté, il était préférable de l'éviter pour son inconfort, son insalubrité, le bruit qui y régnait en permanence. La nourriture qu'on y servait ne valait guère mieux que celle des gargotes de Ouargla. C'est vous dire! Tout cet aimable discours sur ce joyau de la navigation algérienne n'était pas pour m'effrayer, car ce qu'ignoraient ces haleines fétides, ces langues fourchues, ces empêcheurs de tourner en rond, ces sapeurs de moral patentés, c'est que j'étais vacciné..., totalement immunisé...

J'ai été doté à la naissance d'un chromosome supplémentaire que seul un peuple sur la planète terre possède. Son nom : « 500 000 ANI. » Les sommités du monde des sciences nouvelles et de la recherche qui se sont penchées sur ce nouveau phénomène d'une importance capitale émettent différentes hypothèses sur l'apparition de cette nouvelle cellule.

Le célèbre généticien Peter Rampling, qui officie au centre universitaire de Melbourne, affirme que ce serait le résultat de la descendance d'une femme et d'un homme venus du Maghreb dans les années cinquante, le tout additionné d'un gaz d'origine encore inconnue que l'on respire en banlieue parisienne, lyonnaise ou marseillaise. Il prétend aussi que Lille, Strasbourg, Grenoble seraient en voie de contamination. Quelques cas d'intoxication auraient été décelés à Plouhinec, Châteauneuf-du-Faou et Quimper.

Des climatologues venus des USA et d'URSS ont emporté chez eux des échantillons de ce fameux fumet banlieusard et tentent d'élucider ce mystère. Pour l'heure, les recherches n'ont pas encore abouti. Mais, de sources officieuses non identifiées, on a appris que ce gaz pourrait être à l'origine de certaines perturbations atmosphériques.

Un bataillon de sociologues français s'esquinte la santé, passe des nuits blanches à vouloir nous situer avec le plus de précision possible dans l'échelle des valeurs humaines afin de nous donner le maximum de chances d'insertion dans le tissu social français. Cette opération insertion-assimilation-digestion s'avère être pour le moment un fiasco; rejet total, la greffe ne prend pas. Le tissu social s'est révélé n'être qu'une chape de béton parfaitement hermétique à toute injection de corps étranger. Il faut cependant saluer les mérites et le dévouement de ces hommes de science qui espèrent trouver une solution à ce véritable casse-tête chinois.

On cite même le cas de cet illustre ethnologue sud-africain qui aurait enlevé une jeune Tunisienne dans une clinique lilloise alors qu'elle était sur le point d'accoucher. Aux dernières nouvelles, ce maître de la classification des races en serait pour ses frais, car la jeune femme n'étant en France que depuis quelques mois, le bébé né à Pretoria ressemblerait à tous les bébés de la planète... Cette information serait à prendre au conditionnel, avec toutes les réserves qui s'imposent...

Sur ordre du ministère de l'Habitat, des urbanistes furent mis en demeure de plancher sur de nouvelles formes de logements adaptés à nos besoins. Un budget illimité fut accordé après un Conseil des ministres exceptionnel. L'un d'entre eux, disciple de Le Corbusier, accoucha après neuf mois de dur labeur de la « cité Mosquée ». Ce n'était ni plus ni moins que d'immenses tours cubiques surmontées de minarets et agrémentées de jardins plantés de palmiers, d'oliviers, de chênes et de peupliers.

La conjugaison de leur présent et du vécu de leurs aînés devrait conduire à l'acclimatation de cette nouvelle peuplade sans problèmes particuliers, affirmait-il aux informations télévisées tout en serrant dans ses bras un petit ANI.

Ce fut un bide. Le mélange de ces deux valeurs architecturales en effraya plus d'un, car une mosquée reste une mosquée, une HLM reste une HLM. Nous n'étions pas du tout pour la bâtardisation de nos demeures.

Après cet échec, l'État confia le projet à un architecte de renom, maître Bonny. Celui-ci flanqué d'un promoteur dénommé Lafont qui avait déjà eu maille à partir avec la justice (on le disait mêlé à plusieurs trafics, or, tableaux, devises, et autres contrats véreux). Ce joyeux tandem eut la géniale idée de tout inverser dans les appartements; exemple : le bleu symbolisait l'eau chaude et le rouge son contraire. Les serrures des portes fermaient de gauche à droite. Leur ingéniosité ne s'arrêta pas là; ils firent poser des fenêtres à la place des portes et des portes en guise de fenêtres. Le chef-d'œuvre était à son comble. Une fois la cité expérimentale terminée, les relogeables affluèrent des quatre coins de France. Allez savoir pourquoi!?

Deux semaines plus tard, la cité qui avait été modestement baptisée le « Paradis Bonny et Lafont » fut complètement désertée. Deux familles entières furent « déportées » par un malencontreux courant d'air. Les journaux de gauche s'emparèrent de l'affaire, parlèrent de nouveaux génocides et firent resurgir de vieux monstres. La SPA (Société protectrice des Arabes) organisa un défilé de protestation entre Barbès et Belleville. Les manifestants hurlèrent bien fort que les deniers publics avaient servi à tuer deux familles d'innocents. Un des responsables de cette association insinua même que l'ombre de la CIA aurait plané sur cette affaire. Pour étouffer ce scandale immobilier, le ministre de l'Habitat remercia les fameux duettistes Bonny et Lafont et leur suggéra d'aller exercer leurs talents sous d'autres cieux.

On frôla même l'incident diplomatique au sujet d'un projet de mosquée électronique comprenant flippers, bowlings, piste de danse et appel à la prière sur fond de musique reggae. L'imam de la mosquée de Paris menaça de la foudre d'Allah le ministre de l'Habitat et toute sa descendance. Le projet fut remballé vite fait, bien fait dans un carton, et l'affaire en resta là.

Ainsi donc un peuple nouveau est apparu sur la terre en les années 1950-1980 de notre ère. Ce peuple porte le nom de son chromosome « 500 000 ANI » (500 000 correspondant au nombre de cas dépistés et recensés, ANI signifiant Arabes non identifiés).

Ils ont la redoutable faculté de s'adapter partout où ils se trouvent. Ils investissent tous les endroits que les chants des mosquées condamnent. Ils ont, en l'espace d'une génération, créé leur propre espace culturel, leur propre code, leur propre dialecte. Ils sont beaux. Ils sont forts. Ils savent d'un seul coup d'œil faire la différence entre un vrai et un faux ANI. Ils aiment la vie et débordent d'énergie. Des brigades spéciales de police ont dû être formées à leur intention pour freiner leur ardeur. Ce sont les rois de la démerde, les rois de la navigation en eau trouble... Alors, vous pensez bien que la traversée de la Méditerranée à bord du *Tassili* n'était pas faite pour impressionner Omar de La Garenne-Colombes...

★

Vu du pont, je domine tout. C'est exactement comme au cinéma avec écran panoramique. Les couleurs sont fabuleuses. Jugez-en vous-même. Du bleu ciel pour le ciel, les maisons sont blanches... Ne l'appelle-t-on pas « Alger la Blanche »? Et toujours cet immense soleil qui inonde la ville... Oui, Alger est très belle... Elle a fière allure. Pour plus de détails, passez vos prochaines vacances en Algérie. Croyez-moi, ça vaut le détour; croix de bois, croix de fer, si je mens... J'ai levé la main droite et craché par terre!

Tous les passagers sont sur le pont. Les plus avertis ont leur appareil photo en bandoulière et mitraillent à tout rompre, clic-clac l'Amirauté, clic-clac le mémorial du Martyr, clic-clac la façade de l'Assemblée nationale, clic-clac la grande poste, de vrais reporters... Les moins avertis se contentent d'emmagasiner les images dans leur tête. Ceux qui connaissent la capitale jusque dans ses moindres recoins ne cessent de regarder leur montre et de poser invariablement la même question aux employés de la Compagnie nationale de navigation :

– A quelle heure on largue les amarres?

Et mon voisin de sursauter à chaque fois. Se nommerait-il...?

Petit Rouget m'a bousculé. Son grand frère cavale derrière. Dans le genre cours après moi que j't'attrape on ne fait pas mieux. Leur numéro est au point.

Je reconnais près de moi l'homme à la montre de poche. Il est affalé sur la rambarde de sécurité et regarde le ballet des voitures s'engouffrant une par une dans la cale du ferry. Soudain il suffoque, bondit en me gratifiant d'un coup de coude au bras.

– C'est la mienne! La 305 marron! C'est à moi! C'est ma voiture! J'espère qu'y vont pas l'abîmer ou voler quelque chose dans le garage... Déjà la dernière fois... soupire-t-il... Tu fumes?

Je prends la cigarette. Moi qui pensais en avoir fini avec les Hoggar!

– Merci rhoya... Alors qu'est-ce qui t'est arrivé la dernière fois, demandai-je, histoire de le remercier pour sa cigarette.

– Si j'te racontais, t'en croirais pas tes oreilles. Ah les salopards! Les fumiers! Les pourris!

– Doucement, c'est pas la peine d'hurler. J'suis pas sourd...

– Excuse-moi, mais quand j'y pense j'ai la rage!

– A ce point-là! Ça doit être grave alors?

– Très grave!... On m'a volé une couverture toute neuve et deux cassettes, une de Slimane Azem et l'autre d'Hadj el-Hanka. C'est pas la honte pour l'Algérie ça... cambrioler ses compatriotes... Comment tu veux qu'on leur fasse confiance après? fulmine-t-il.

Et moi d'enfoncer le clou un peu plus :

– Y z'ont osé faire ça? C'est dur... en plus j'parie que c'étaient les deux meilleures cassettes!

Et lui de démarrer au quart de tour :

– C'étaient les deux meilleures. Elles sont introuvables. (Puis il conclut, fataliste :) Qu'est-ce que tu veux y faire? C'est comme ça mon frère.

– Eh oui! Qu'est-ce que tu veux? On nous refera pas..., dis-je, histoire d'en rester là.

– Au fait, jeune! où t'habites?

– La Garenne-Colombes; c'est à côté de Paris.

– Merci, j'connais. J'ai mon frère qu'a une maison à Colombes.

J'ai l'impression que l'homme à la montre de poche a une grande soif de paroles à étancher. A preuve le flot de questions toutes plus intéressantes les unes que les autres :

« Qu'est-ce que t'as comme voiture?

– Ben, j'en ai pas.

– Comment tu fais pour te balader alors?

Je réponds que...

« T'as vu comme c'est bon Alger?

Je réponds que j'ai vu et que c'est bon.

« Qu'est-ce que tu fais comme métier?

Je réponds que...

« J'connaissais pas... Et ça paie?

Je réponds que ça paie mon oxygène quotidien et que, pour le moment, j'en demande pas plus.

« Ah bon! fait-il étonné... Et ton oxygène, ça fait combien en francs? ironise-t-il.

– Pas convertible!

– Moi, j'ai de l'oxygène tant que j'en veux, et en plus ça me rapporte de l'argent.

– Comment tu fais?... C'est quoi ton secret?

– C'est pas un secret. J'suis grutier.

Effectivement, envisagé sous cet angle...

« T'as fait l'armée?

Je réponds que...

« T'as d'la chance... Tu vas prendre le train à Marseille.

Je réponds que...

« C'est bon Alger!

Pour la seconde fois, je réponds que c'est bon.

« T'as d'la famille en France?

Oh! la la! Il commence à me peser l'grutier. Mais je réponds que...

« Moi, j'm'appelle Chérif. Et toi?

– Moi, c'est Omar!

– T'as pas envie d'aller boire une bière, j'ai soif!

– Tout à l'heure si tu veux, j'ai pas très soif et j'suis pas sûr que la buvette soit ouverte.

– J'vais voir et j'te dirai.

Chérif a étanché sa soif de paroles. C'est la soif de bière qui l'habite à présent, et c'est tant mieux pour moi.

Je fais le tour du bateau comme un armateur ferait le tour de son yacht. Le *Tassili* me semble moins grand que ses confrères. Serait-il le gnome de la famille?

Petit Rouget a encore fui sa garde parentale.

– T'as vu, j'ai réussi!

Et moi, complice :

– Fais gaffe, y'a ton frangin qu'arrive!

Petit Rouget se sauve. Son couillon de frangin slalome entre les gens pour le rattraper.

★

Deux Françaises genre « le tiers monde ne me fait pas peur » sont assises à même le sol et consultent une carte routière qu'elles ont dépliée. Allons voir de plus près... Ouais, il y en a une des deux... Bon, on verra ça plus tard...

Adossé au bastingage, un ANI bardé d'un cuir noir malgré les quarante degrés de chaleur accorde sa guitare au son du ronronnement des machines.

Un couple habillé façon gauche, quatre-vingts berges à eux deux, paupières humides, bouche bée, dévore des yeux El Djazaïr. Certainement des black-panards venus faire trempette dans le bain à nostalgie... Y a qu'eux pour mettre autant d'accent dans leur silence...

Les valises et les sacs en plastique commencent à envahir les fauteuils de la salle dite « classe économique ».

Retour sur la plate-forme pour admirer Alger encore un peu. Le drapeau vert et blanc frappé du croissant et de l'étoile vient d'être hissé. Une voix s'échappe des haut-parleurs et appelle les employés de la Compagnie à se rendre à leur poste. Le départ ne devrait plus tarder. La première amarre vient d'être larguée. Une fille près de moi éclate en sanglots. J'ai envie de lui parler mais sa peine a l'air trop lourde pour mes petites épaules.

La grue enlève la passerelle; le lien ombilical qui nous reliait à Algérie-terre vient d'être coupé. C'est angoissant et enivrant à la fois... Tu voudrais sauter par-dessus bord, quitte à t'écraser comme une pastèque trop mûre sur le quai. Tu voudrais fermer les yeux et être loin, très loin... Ça fait bizarre dans la tête...

– C'est bon Alger! me siffle une voix à l'oreille.

C'est Chérif qui arrive du bar, une canette de bière à la main.

« Fais-moi une place, dit-il en clignant de l'œil comme si nous étions complices de toujours.

Je me pousse près de la jeune fille en pleurs. Elle s'en va. Du coup, Chérif se retrouve avec plus de place qu'il n'en espérait.

« Omar, tu veux savoir?

Rebelote. Il revient à la charge avec son lot de questions branchantes.

« Tu sais, j'ai passé la dernière nuit chez mon cousin Tahar à Bouzaréah, eh bien tu veux que j'te dise?

– Allez vas-y, dis-moi, puisque de toute façon tu me le diras.

– Eh bien! C'est bon Alger! Y'a de tout, y manque rien, même le rouge il est bon, d'la bonne qualité, j'te jure. (Et, s'approchant tout près de moi :) j'ai cinq bouteilles dans le coffre de la voiture.

– Y a tout mais c'est cher, tu trouves pas?

– C'est normal, y vont quand même pas te donner tout pour rien; faut bien qu'ils gagnent de l'argent... Des bénéfices!

– Tu trouves ça normal alors?

C'est le premier immigré que je rencontre qui ne la ramène pas sur les travers du bled, et qui défend les intérêts de sa mère patrie comme seuls les cadres formés à bonne école savent le faire.

– Bien sûr. Écoute, j'vais te faire le compte... Tu comprendras tout de suite... On va calculer le prix de revient de... (il réfléchit un instant) d'un litre de vin...

Il sort de la poche intérieure de sa veste pied-de-poule, sûrement achetée aux Puces de Montreuil, une machine à calculer *made in* Taiwan. Mon camarade grutier n'est pas du genre à voyager sans biscuits. La malheureuse calculette en voit de toutes les couleurs : annulations, multiplications, divisions, pourcentage... Chérif s'énerve, tout est à reprendre, son pouce vient d'effleurer la touche des racines carrées.

Colons, je vous déteste. Je suis persuadé que si Chérif avait pu bénéficier d'une scolarité digne de ce nom, à l'heure qu'il est, ce n'est pas avec un grutier mais avec un des barons de l'économie algérienne que je débattrais. Je vous en veux. Et vive les fellouzes! Et vive le FLN! Et vive ma grand-mère qui, dans un moment de bravoure, empoisonna Youki, le sale clébard du père Charotte qui la faisait trimer comme une chienne dix-huit heures par jour!

« Alors tu comptes le prix de la main-d'œuvre... Ça fait... Pis t'ajoutes...

– Écoute Chérif, on fera le compte plus tard, on a vingt-quatre heures.

Le grutier n'apprécie pas du tout. Il pense probablement que je doute de ses compétences économiques. Il rengaine sa calculatrice chinoise, l'air un peu dépité, et conclut en gros que je suis un idiot, car l'économie c'est essentiel si on veut comprendre le pourquoi des choses en Algérie. C'est vraiment un bon patriote comme on doit les aimer; un révolutionnaire tendance Cuvée du Président.

★

Les amarres sont belles et bien larguées. Le car-ferry s'arrache lentement du port. Les dockers en bleu de chauffe et débardeur nous saluent. Je leur fais un signe de la main. J'ai comme un pincement au cœur. La jeune fille qui pleurait est revenue près de moi. Elle ne pleure plus, mais son regard en dit long. Mon pote Petit Rouget et sa famille sont présents à l'appel. Mon compatriote ANI, sa guitare sèche en bandoulière, arrive. Le couple de black-panards s'est blotti très fort. J'en ai la chair de poule. Finalement, j'aime Alger, mais pourquoi faut-il que ce sentiment se développe quand je suis plus sur Algérie-terre?

Alger s'éloigne...

Je crois que Chérif vient de faire une importante découverte. Je l'entends marmonner entre ses dents, son regard se fige sur les hauteurs d'Alger.

– Dis-moi, Omar, le grand truc en béton là-bas, c'est un

hôtel, une usine...? C'est quoi qu'ils sont en train de construire?

– Le truc en béton qu'tu vois là-haut, c'est le mémorial du Martyr. C'est nouveau, c'est sorti pour le vingtième anniversaire de l'indépendance...

– Les vingt ans de l'indépendance, bégaie-t-il; oui je vois; la révolution tu veux dire?

– Si tu préfères.

– Et les trois piliers, ça veut dire quelque chose?

– Les trois piliers, c'est des palmes.

Ça l'amuse, il se met à rire... Je ris aussi.

« Les trois palmes, ça veut dire les trois révolutions. La révolution industrielle, la révolution culturelle, la révolution agraire.

Chérif fronce ses épais sourcils et se gratte le nez.

– Y'en a eu trois révolutions, eh ben ça, Omar, tu m'crois ou tu m'crois pas, j'étais pas au courant. J'savais pas! On est mal informés en France, y disent jamais rien sur l'Algérie... Et notre révolution à nous les vieux, où y z'ont mis notre palme?

– J'en sais rien, moi!

– T'en sais rien! T'en sais rien! Qu'est-ce que ça veut dire ça?!... C'est pas une réponse.

– Ça veut dire que j'sais pas où est passée ta palme!

– J'arrive pas à croire c'que tu m'racontes... C'est louche...

– Écoute, je suis sûr que les trois palmes ça veut dire les trois révolutions! J'les ai pas vues parce que j'étais pas là, mais j'en ai entendu causer.

Mes explications, de toute évidence, ne l'ont pas convaincu. Il veut savoir si je ne lui ai pas raconté de craques. Chérif est resté sur sa faim. Il apostrophe l'intello de service qui zonait dans le coin, le teint blafard, lunettes d'écaille sur le bout du nez, coupe en brosse, costard bleu pétrole légèrement feu de plancher et *Afrique-Asie* sous le bras. Visiblement c'est un homme qui pense. Mon camarade grutier recommence à questionner, comme si ce que je lui avais appris ou rien c'était la même chose – un peu vexant quand même. Lunettes d'écaille est heureux qu'on ait su déceler en lui l'homme de savoir qu'il est sûr d'être. Et comme une machine bien rodée, bien huilée, il explique en prenant bien soin de respirer au bon endroit et surtout de respecter la ponctuation. Chérif ouvre grand ses oreilles. Je m'approche aussi, des fois que des éléments de l'Histoire m'auraient échappé.

– Le monument que vous voyez là-haut, à l'est d'Alger, juste au-dessus du quartier de Belcour, à El Madania pour être plus précis, se nomme le sanctuaire du Martyr. Il a été dessiné par l'architecte polonais Marian Konieizny, professeur à l'Académie de Varsovie.

Chérif fait répéter. Il n'a pas compris le nom du créateur et demande ce que vient faire la Pologne dans cette affaire. Lunettes d'écaille menace d'interrompre son cours si on lui coupe encore une fois la parole. Chérif se gratte la narine gauche et s'exécute. Lunettes d'écaille reprend ses explications :

« Je disais donc... Ah oui!... Le sanctuaire se compose de trois palmes pesant environ deux mille cinq cents tonnes et se rejoignant à cinquante mètres de hauteur, pour repartir en éventail et s'arrêter à quatre-vingt-douze mètres. Une antenne de radio-télé-diffusion de vingt-quatre mètres chapeaute le tout...

Chérif ne peut s'empêcher de faire le parallèle avec la

tour Eiffel. Lunettes d'écaille réitère ses menaces, expire un grand coup, aspire une bouffée d'air iodé puis repart de plus belle :

« Au pied de trois immenses palmes qui symbolisent nos trois révolutions (camarade grutier refronce ses épais sourcils) se dresse une statue de moudjahid tenant entre ses mains un fusil. Elle mesure sept mètres. Tout près de ce moudjahid brûle une flamme éternelle... Ai-je été assez clair?!... En tout cas, si vous avez besoin d'autres explications, n'hésitez pas. Je suis là pour.

– Et notre révolution à nous les vieux? Celle qu'on a faite pour que vous ayez un pays, un drapeau et que vous viviez libres? Dis-moi, j'ai pas vu notre pilier... Où il est caché?

L'homme au savoir n'a pas d'explication à lui fournir et dévie la conversation en lui racontant que ce sont des entreprises canadiennes qui ont bâti cet immense édifice. Il croit bon de préciser que seule l'armée y a participé. Mon ami grutier n'en a rien à cirer et, déçu, il me souffle :

– T'as raison Omar, y z'ont oublié notre poteau...

– T'as bien vu que j'te racontais pas de salades.

Lunettes d'écaille s'en va chercher un peu d'ombre. Son discours a dû lui brûler les méninges. Chérif a l'air tout triste. Il sort de sa poche un paquet de Hoggar, m'en offre une et, dans un long soupir :

– Vraiment, je comprends pas qu'ils aient pu nous oublier.

– J'vais t'dire une bonne chose qui va certainement te consoler.

Le grutier écarquille ses yeux et aspire une taffe :

– Dis-moi.

– Eh bien voilà... A mon avis, y vous z'ont pas mis de

palmes parce que vous, les « vieux », vous avez toujours su nager.

Chérif apprécie ce léger trait d'humour. Il se remet d'ailleurs très vite de sa déception architecturo-révolutionnaire. Il n'est que de voir le large sourire qu'il arbore.

– C'est bon Alger, ressasse-t-il sans arrêt comme un leitmotiv.

Et moi de répondre comme son écho que c'est bon Alger.

« Tu trouves pas qu'il fait soif... Allez viens, j'te paie une bière Omar!

– J'arrive dans cinq minutes. J'regarde encore un peu...

★

Alger s'évade...

Alger nous nargue...

Alger nous fuit entre les eaux...

★

Main dans la main, le couple de black-panards erre comme deux âmes en peine dans les allées du ferry. On dirait qu'ils viennent de reperdre l'Algérie.

Ah! royaume de la nostalgie, quand tu les tiens!

Soudain, il me vient à l'esprit en voyant ces deux déshérités que les Vergeli, concierges de leur état, m'avaient prié avant de partir d'aller voir si la maison et la crémerie *Au vrai beurre* qu'ils tenaient à Beau-Fraisier près d'Alger étaient toujours en vie.

J'imagine le sketch qu'ils vont me jouer si je leur dis que ça m'est complètement sorti de la tête... Ils m'avaient tellement saoulé avec leur boutique...

Je ne peux quand même pas leur dire que j'avais autre

chose à faire que de recenser les biens laissés vacants après l'indépendance. Ils le prendraient très mal, et je n'ai pas envie de leur faire mal...

Il va falloir que j'leur mente, mais tant pis... Je leur raconterai que la maison et la boutique tiennent bien le coup. Je n'aurai pas trop d'efforts imaginatifs à faire. Ils me l'ont décrite au moins cent fois en long, en large et en travers, sans compter les photos prises sous tous les angles, exposées dans la loge comme pour montrer aux locataires que jadis c'était dans une villa aux murs blancs entourée d'allées de jasmin, située au pays du soleil que résidait leur passé. Et que c'étaient les méandres tumultueux de l'histoire qui les avaient largués sur le quai de la Joliette, un sale matin de juillet 1962. Pour que ça fasse un chouilla plus vrai, je leur dirai qu'à la place de la crémerie *Au vrai beurre,* c'est une grande teinturerie. Ça leur fera plaisir que j'ajoute « grande ». Je leur dirai aussi que leurs anciens voisins m'ont demandé de leurs nouvelles et qu'ils étaient surtout curieux de savoir comment ils vivaient, s'ils avaient le confort comme avant, s'il ne leur manquait rien et s'ils n'étaient pas trop dépaysés. J'ajouterai que c'est Ali le cordonnier qui s'était le moins bien remis de leur départ. Il a même pris l'enseigne de la crémerie et l'a clouée sur le portail de sa maison. Il doit bien y avoir un cordonnier du nom d'Ali qui traînait dans leur quartier et qui les a connus. Pour le reste j'improviserai selon les questions...

Ah! les Vergeli! Au début, lorsqu'ils sont arrivés dans la cité, tout le monde les évitait. Tout juste bonjour, bonsoir, et encore pas tout le monde. Je pense que c'était surtout parce qu'ils venaient d'ailleurs et ne s'en cachaient pas... L'auraient-ils pu...?

Et vas-y que je te mette de la musique andalouse, et vas-y que je te fasse profiter du dernier succès d'Enrico. Ça résonnait jusqu'au cinquième étage. Même ma mère n'a jamais osé déranger à ce point.

– Si les concierges ne donnent pas l'exemple, s'esclaffaient les allergiques de la musique d'outre-Méditerranée, qui va le donner?

Les Gaulois voyaient d'un mauvais œil ces nouveaux gardiens d'HLM dégustant du matin au soir des mélopées sirupeuses et maghrébines. Mais quand les Perrier, prédécesseurs aux fonctions de concierges, nous injectaient dès neuf heures du matin leur concerto pour piano à bretelles, nous n'avions jamais entendu se plaindre qui que ce soit. La mauvaise foi et la délation avaient depuis longtemps été érigées en système. Tout ce brave petit monde sous la férule de M. Martin, le boulanger xénophobe et fier de l'être, décidèrent de faire circuler une pétition réclamant tout bonnement l'expulsion de nos amis black-panards. Motif de leur grief : trouble à l'ordre public.

Ce que n'avait pas pris en considération le faiseur de baguettes moulées pas trop cuites, c'est que le Tos, les Blacks, les vestiges d'une immigration de Ritals, nos parents, et nous les ANI, formions l'écrasante majorité dudit public. Notre riposte ne tarda pas. Nous décidâmes de faire circuler une contre-pétition revendiquant l'adoption sans condition de ce couple de mélomanes maghrébins. Ce fut un facile succès pour nous et un échec cuisant pour M. Martin fabricant de bâtards pas trop cuits et de ses compères « pieds-de-vigne » du Café des Sportifs. Le soir, nous arrosâmes cette victoire dans la loge. Les Zouwaoui avaient descendu leurs cassettes de chaabi, les Abbas celles d'Idir et d'Aït Menguelet, les Da Silva des disques de fado, les Ritals je ne me souviens plus. Ceux qui n'avaient rien arrivèrent les mains vides. La mère Vergeli, tout heureuse, offrait des loukoums. Le père Vergeli, quant à lui, avait sorti un vieux luth d'une malle en bois et nous gratifia de quelques morceaux de musique arabe.

...Oui, c'est cela, j'improviserai sur place, comme ça les Vergeli pourront raconter à d'autres black-panards que leur maison tient toujours bien le coup et que leurs anciens voisins pensent bien à eux...

★

Il ne reste à présent de l'Algérie que la silhouette grisâtre des montagnes côtières.

Alger s'en va...

Les petites embarcations de pêcheurs commencent à perdre de la distance et s'étalent sur le littoral. Les bateaux de plaisance, plus téméraires, essaient en vain de s'accrocher aux torrents marins qu'éjaculent les moteurs du ferry.

Alger nous abandonne...

★

Algérie, je t'en veux de n'avoir pas su me retenir. J'étais venu te voir avec la secrète ambition de réussir ce stage d'adaptation volontaire. Pour cela, je dus prendre des cours de formation accélérée entre Barbès et Belleville. En l'espace d'un printemps, j'avais écumé tous les cafés maghrébins du XVIIIe au XXe arrondissement, lieux où, paraît-il, se transmet ta culture. D'ailleurs, j'appris mille choses, mille expressions populaires. Ibn Khaldoun fut le fantôme de mes nuits blanches. Je m'étais abonné à plusieurs revues spécialisées qui traitaient du retour aux sources. Sur le cadran de la bande FM, j'avais noté de plusieurs coups de marqueur la position exacte où je pouvais capter Radio Beur et Radio Soleil et Radio Afrique. Je m'étais abruti de musique chaabi et berbère. Le raï faisait des ravages avec en particulier un *Whisky gaouri, Bièra Arbia,* le tube de Barbès. J'avais exigé de ma mère qu'elle me prépare tous les soirs des mets typiquement algériens. Je désertais le Cloître des Lombards et le Palace. Pendant ce temps, ACDC, Police, la Souris déglinguée, Bernard Lavilliers usaient le diamant des platines de mes frères ANI.

Toute cette somme de travail, de recherches et d'efforts pour en conclure que l'Algérie, c'est autre chose qu'un plat de couscous, deux disques, un livre de géographie et de littérature. Je ne suis pas sûr d'avoir la volonté de me représenter de si tôt à un nouveau stage... Il me reste encore beaucoup à apprendre.

★

Chérif s'en revient vers moi, une nouvelle canette de bière à la main.

– Alors, Omar, t'en as pas marre de toujours regarder la côte? Tu devrais faire attention, ça va t'brûler les yeux! L'Algérie ça brûle, dit-il en avalant une longue gorgée de ce liquide brunâtre qu'il semble tant affectionner.

– Attention, le soleil tape fort. Tu bois beaucoup, ça peut te brûler le cerveau, répondis-je histoire de lui répondre.

– Si tu savais petit, mon record c'est vingt-trois bouteilles d'Abou Nawas à Tizi-Ouzou en plein mois de juillet!

– Mais en juillet c'était le Ramadan!

– C'est vrai. T'as raison... Alors c'était au mois d'août, dit-il gêné.

– Tu vois bien que le soleil te tape sur la tête...

Chérif se tait, termine sa bouteille et la jette par-dessus bord.

Des mouettes virevoltent au ras de l'eau. Planeurs des mers je vous envie, pas de douanes, pas de visas, pas de flics. Le monde vous appartient. Vous êtes liberté.

Zéralda où es-tu?...
Safia que fais-tu?...
Safia, fait-il toujours soleil chez toi...?
Safia, penses-tu un peu à moi...?
Safia, tu me manques...
Safia, je t'...!

– Il est deux heures dix, ça fait plus d'une heure qu'on est partis... Encore vingt-deux heures... On n'est pas sortis, Omar...

– Ben oui, on n'est pas sortis, et alors?!

Ce grutier doit être en instance de divorce avec la beauté du silence.

– T'énerve pas, petit. C'est pas ça qui fera avancer le bateau.

– J'm'énerve pas, mais j'avais la tête ailleurs.

– Où ça? ironise-t-il.

– Ben ça y est, tu m'as fait revenir sur terre... Enfin sur mer... T'es content de toi?!...

Je le vois lorgner la canette d'un employé de la Compagnie de navigation avec les yeux d'un nourrisson à qui on aurait volé sa tétine.

– Trop chaud... Fait soif! marmonne-t-il.

– Tu dis Chérif?

– Fait soif... Allez viens, j'te paie une bière!

– J'ai pas très soif.

– Tu veux m'vexer, ou quoi?... Ah! tu veux peut-être te faire passer pour un frère musulman, tu veux suivre la mode?

– Mais qu'est-ce que tu racontes?

Étant certain de ne pas appartenir à la confrérie des Frères musulmans, j'accepte.

« Bon OK, j'te suis!

– Enfin tu parles comme un homme!... Tu m'as fait peur! ricane-t-il.

Je le remercie pour son invitation et surtout d'avoir eu la finesse de déceler que je suis un homme. Je m'arrache du bastingage puis emboîte le pas de mon guide. Le chemin que nous empruntons me semble bien étrange. Nous descendons d'un étage, nous tournons à gauche au pied de l'escalier central. Mon acolyte salue au passage un grand homme blond aux épaulettes galonnées.

« C'est l'commissaire de bord, murmura-t-il fier de lui et, se grattant le nez : Ça peut toujours servir.

Nous longeons un petit couloir.

« C'est un raccourci...

– Ah bon!

Nous arrivons à la buvette après moult crochets. Le barman, nous voyant surgir, décapsule d'office une canette de bière.

– T'es servi mon frère, lance le loufiat... Et pour toi?

– La même chose s'il vous plaît...

Mon compagnon lève sa bouteille. J'ai compris qu'il veut que nous trinquions. Je lève le coude, tchin-tchin comme les « pieds-de-vigne » du Café des Sportifs à La Garenne-Colombes. Chérif connaît bien les us et coutumes des estaminets hexagonaux. La bière est chaude. J'ai horreur de la bière chaude. J'ai envie de tout recracher.

– Ça fait du bien par où qu'ça passe! dit le grutier en se passant la main sur sa bedaine distendue.

– Elle est dégueulasse! En plus, elle est chaude...

– T'aimes pas la bière?

– Si, mais quand elle est pas fraîche, ça fout la gerbe!

– Quoi!?...

– ...Envie de vomir si tu préfères.

– D'abord, elle est pas chaude, elle est chambrée, grommelle-t-il en connaisseur.

– T'as l'air pas mal chambré, toi!...

– T'es jamais content! dit-il en haussant les épaules.

Le barman qui écoutait nous promet que d'ici une heure toutes les boissons qu'il termine de ranger dans son réfrigérateur seront fraîches et qu'avoir soif sera alors un véritable plaisir, puis il conclut que ça fait... francs.

On refuse la monnaie nationale sur les bâtiments de la Compagnie nationale de navigation algérienne, mais par contre on n'est pas sectaire sur l'origine des devises. Le dollar, le deutsch mark, le florin hollandais, le franc belge et le franc français sont les bienvenus. D'ailleurs, un tableau visible de tous indique les cotations en bourse du cours monétaire.

Ah! royaume des devises, quand tu les tiens!

Y'a d'l'ambiance au comptoir. Les tournées vont et viennent; le barman a du mal à assurer la cadence.

– Celle-là, c'est pour moi, braille l'un.

– Non, c'est pour moi, répond un autre.

L'humeur est au beau fixe. Entre deux bières on aime à plaisanter sur les petites misères quotidiennes qui font que la vie au bled est ce qu'elle est. Chérif n'est pas en reste. Il ne cesse de clamer à qui veut l'entendre que l'Algérie a deux cents ans de retard par rapport à lui, il en veut pour preuve qu'il a fait cadeau d'une perceuse hyper-sophistiquée à son cousin, et que celui-ci essaya d'abattre un mur, pensant que c'était un marteau-piqueur.

– C'est ton cousin qu'est con! s'exclama une voix dans le brouhaha.

– Allez! allez! Paie ta tournée, ça t'évitera de dire des bêtises, dit le loufiat, profitant d'un instant d'accalmie.

Chérif tire de sa poche une liasse de billets de cent francs. J'ouvre grand les yeux. Comment ce pachyderme à veste pied-de-poule a pu berner les deux princesses guéritières du bureau de change? Il me faut une explication. Je veux éclaircir ce mystère. Je n'arrive pas à imaginer qu'il puisse donner dans le trafic de devises.

Je lui murmure :

– Comment t'as fait pour planquer tout ce fric?

Ma question l'amuse.

– C'était facile! C'est la femme tatouée qui s'est occupée de moi et comme elle avait déjà passé beaucoup de temps à emm... un jeune homme... Tiens à peu près comme toi... Oui, comme toi... Le pauvre! Tu peux pas t'imaginer...

– Si, si, j'imagine très bien...

– Donc, j'te disais quand mon tour est arrivé, elle m'a demandé c'qu'il me restait comme argent français. J'ai dit que j'avais caché dans ma chaussette droite un million et dans ma chaussette gauche des louis d'or. J'aime les plaisanteries... Elle m'a répondu qu'elle n'était pas payée pour écouter des blagues et sans m'fouiller elle m'a dit de passer... N'est-ce pas que j'suis malin?...

Je faillis en lâcher mon verre de pisse chauffée. La prochaine fois, je m'achèterai une veste pied-de-poule aux Puces de Saint-Ouen et je dirai à la femme tatouée que j'ai planqué un milliard de dollars dans les talons de mes savates...

– Bon, maintenant je vais te laisser Chérif, je suis fatigué.

– D'accord, à tout à l'heure... Repose-toi bien...

★

Mon billet d'une main, mon bagage de l'autre, je déambule dans les allées du ferry à la recherche du fauteuil n° 532 de la classe dite « économique ». Je croise le grand blond aux épaulettes galonnées.

– Vous cherchez quelque chose?

Je lui présente mon billet.

« Là-bas, au bout du couloir, mais aujourd'hui vous pouvez vous placer où bon vous semblera, il n'y a pas beaucoup de monde.

Je longe le couloir, traverse le self-service et me retrouve dans une grande salle plantée de fauteuils.

Je m'écrase sur le premier venu. Je sens tous les membres de mon corps se dégourdir. La tension nerveuse que j'ai accumulée depuis hier commence à s'estomper. Je suis bien. Mes paupières se font lourdes. Le ronronnement des machines me berce. Je tombe de sommeil...

... La sonnerie du téléphone retentit, je me lève péniblement, j'enfile mon peignoir que je ne prends pas la peine de boutonner. Mon sexe se fait balancier. Je me dirige d'un pas fragile et cahotique vers le combiné, derniers effets de vapeurs d'alcool, de tabac et d'herbe d'une soirée d'enfer passée à un concert de « rap » au Bataclan. Christel, ma fantaisie d'une nuit qui m'avait accompagné pour se défoncer sur Afrika Bambaataa et rêver sur les graffiti du new-yorkais Futura 2000, dort enroulée dans l'épaisse converture de zibeline.

– Allô, Omar?

– Oui, fis-je d'une voix encore embrumée.

– Bonjour, c'est Safia...

Je sursaute et reprends tous mes esprits.

– Safia!

– Oui, Safia des Sables d'Or à Zéralda. Je me suis permis de te téléphoner... Tu m'avais laissé ton numéro...

– T'as très bien fait, mais où es-tu?

– Je viens d'arriver à Orly.

– Bouge pas, j'viens te chercher...

– Non, non, mon oncle est venu m'attendre. Je profite qu'il est parti s'acheter des cigarettes pour t'appeler.

– Mais quand se voit-on? J'ai très envie de te revoir!

– Cet après-midi, si tu veux..., dit-elle, timide.

– Bien sûr que j'veux... Où veux-tu qu'on se voie?

– J'connais pas très bien Paris, mais toi, je suppose que tu dois connaître des endroits sympas...

– Alors, si tu veux on peut s'donner rendez-vous au Café

des Innocents aux Halles, à quatre heures. Tu pourras pas te tromper : tout le monde connaît.

– A quatre heures aux Halles, Café des Innocents, j'ai noté. J'ai un petit cadeau pour toi... A tout à l'heure, je t'envoie plein de petits bisous.

Christel s'étire. Son corps, sur le lit sens dessus dessous, dessine des formes sensuelles et excitantes.

Mon Dieu qu'elle est belle!

Elle se réveille, passe son jean et cherche son T-shirt dans l'amas de fringues qui jonche la moquette.

– Omar, t'as pas vu mon T-shirt?

– Il est sur la chaise.

– Merci... Quelle heure est-il, mon p'tit loup?

– Deux heures, ma p'tite louve.

– Oh! la la! j'suis en retard! J'avais un rendez-vous avec mon agent de production à deux heures et demie rue François-Ier. J'y serai jamais. Je m'sauve mon p'tit loup... On se rappelle dans la semaine.

La porte claque. Coup de sonnette. J'ouvre...

« J'ai oublié...

Me tombant dessus, elle me gratifie d'un magistral baiser incendiaire.

« Surtout tu m'appelles, mon p'tit loup!

Et moi blasé :

– Promis, juré...

Ma starlette en herbe s'est évaporée. J'ai juste le temps de me tailler un sandwich avec le morceau de pain qui est sur la table et la tranche de pâté sous cellophane qui traîne dans le frigo depuis trois jours. J'enfile mon MacDouglas.

Strasbourg-Saint-Denis, je change, direction porte d'Orléans. Les Halles, je saute. La faune des punks, des « T'as pas cent balles » et des poivrasses est toujours là. Je reconnais Abdel, le prince de la tire.

– Ça griffe aujourd'hui?

– Pas terrible... deux portefeuilles... Qu'est-ce tu branles Omar?

– Pas le temps, j'suis pressé. J'ai un plan, *ciao*...

– C'est encore une meuf, espèce de pédé!

Je traverse la place des Innocents. J'enfonce la porte du café. Je balaie la salle du regard. Où est-elle? Je suis pourtant à l'heure. Mon cœur bat la chamade. Un instant, l'idée qu'elle ait pu me poser un lapin me traverse l'esprit... Mais non! J'aperçois ma Safia qui arrive, plus belle que jamais. Son tailleur noir sied à merveille à ses longs cheveux roux. Je vais à sa rencontre.

– Ça y est me v'là! Tu m'reconnais? dit-elle en souriant.

Tu m'étonnes que j'la reconnais. Je la reconnaîtrais entre un milliard de femmes. L'émotion m'étreint. J'ai la gorge serrée. Elle me baise le front. Je lui propose de nous installer à la terrasse.

Mon Dieu qu'elle est belle!

« Tu ne dis rien, ça ne te fait pas plaisir de me revoir?

– Si, si, bien sûr, mais sincèrement, j'aurais jamais cru que tu m'appellerais un jour. J'm'étais dit que t'avais pris mon numéro de téléphone par politesse.. Pour me faire plaisir... J'me faisais pas trop d'illusions...

Elle éclate de rire, puis, me fixant de ses immenses yeux noirs soulignés d'un trait de khôl (mon Dieu quel regard! j'vais craquer!) :

– Tu t'es trompé, mon petit lion!

Décidément, je vais finir par devenir une ménagerie à moi tout seul.

« Tu sais, à l'hôtel, tu ne pouvais pas te rendre compte, mais j'étais très surveillée. Ça n'empêche que je pensais souvent à toi.

– Moi c'était sans arrêt.

Pour se mettre à l'aise, elle déboutonne la veste de son tailleur d'où jaillissent les gorges de la Chiffa.

Je mate discrètement, enfin je crois...

« T'as quelque chose à faire ce soir?

– Non, j'ai carte blanche. On pourrait souper au restaurant, ensuite on pourrait aller au cinéma... J'ai acheté *Pariscope.*

Le programme qu'elle a prévu pour la soirée ne me dit rien qui vaille. Je fais la moue.

– Tu sais, Safia, les restaurants parisiens c'est plus c'que c'était, et les cinoches en ce moment... Mais j'ai tout ce qu'il faut à la maison, on peut s'faire une super bouffe... Et après on verra...

– On verra quoi? fait-elle, surprise.

– Rien, rien... j'dis ça comme ça...

– Tu cuisines bien?

– J'suis le meilleur cuisto de la planète; ma spécialité, c'est le sauté de veau aux herbes de Sibérie.

– Qu'est-ce que c'est que ce truc-là? dit-elle en écarquillant ses grands yeux noirs.

– T'inquiète pas, c'est la nouvelle cuisine!

– Bon, d'accord, j'accepte...

Quel feu d'artifice ce soir à la baraque... Tout pour ma petite gueule...

– Pour ces monsieur-dame, qu'est-ce que ce sera? demande le serveur.

– Une vodka orange.

– Et vous, madame?

– Un jus de pamplemousse, s'il vous plaît.

– C'est pas croyable, que tu sois là près de moi! J'en reviens pas... J'ai l'impression de rêver...

– Remets-toi, Omar! Tu veux peut-être que je te pince!

– Ça me paraît si loin tout ça... C'étaient les vacances... T'étais si distante...

– Je t'ai déjà dit que j'étais très surveillée... Tu sais, la direction de l'hôtel est très ferme sur certains principes. amabilité, serviabilité, pas plus...

– Remarque, de ce côté-là, tu risquais pas de t'faire virer pour faute professionnelle... T'étais somme toute assez discrète.

– On ne pouvait pas en dire autant de toi! ricane-t-elle.

– Pardon!

– Ah oui! Il fallait te voir le matin quand tu descendais de ta chambre, avec ta serviette autour du cou, tes Ray-Ban, ton saroual et ton huile solaire, t'avais l'air d'un touriste allemand... Tu nous faisais bien rire!

– Dis tout de suite que j'étais le clown de l'hôtel!

– J'ai pas dit ça, mais elles se marraient bien, les femmes de chambre!

– Et toi aussi tu t'foutais d'ma gueule!

Elle glousse.

– Au fait, sursaute-t-elle, je t'ai apporté un petit cadeau. C'est pas grand-chose, mais j'espère que ça te fera plaisir.

Elle sort de son sac une petite boîte bleue enrubannée

de fil d'or, qu'elle me tend. Je la remercie et lui offre un bisou sur le cou.

« Tu n'ouvres pas, t'es pas curieux...

– Si, si, je l'ouvre...

Puis, sur le ton badin de la plaisanterie :

« J'espère que ce n'est pas une djellaba ou une paire de babouches.

A vrai dire, je ne plaisantais pas tant que ça.

– Non, non, ouvre, tu verras bien!

Je dénoue le fil d'or. Je glisse mes doigts entre les deux parties de la boîte, elle s'entrouvre, j'aperçois...

... Je tressaute, ouvre les yeux, me passe la main sur le visage. Où suis-je?... Un individu rampant à quatre pattes m'a bousculé.

– Scouzez-moi môssieur, y'a le chat noir il a sauvé en dessous ton banquette...

– Hein! Quel chat? Quelle banquette?

– Il a parti maint'nant, scouzez-moi encore t'avoir réveillé... Tant pis, c'est pas grave, j'le trapperai tout à l'hure. Il est gentil tu sais, l'chat et pis il est beau.

Putain! mais qu'est-ce que c'est que ce connard qui vient foutre la merde dans mon intimité! A cause de ce taré, Safia, la nouvelle cuisine, le cadeau, tout s'est volatilisé. Cet homme est un cauchemar à lui tout seul. Je t'en veux à mort, tête de rat. Je n'arrive pas à refaire surface. Reviens, Safia, ne me laisse pas avec ce monstre. Ramène-moi au Café des Innocents, j'ai pas fini ma vodka et j'ai encore mille choses à te dire...

Pas gêné pour deux sous, le briseur de rêve s'installe sur le fauteuil percé d'à-côté. Il me regarde amusé. Il n'a pas d'âge, quarante, cinquante, soixante ans peut-être. Le nez aquilin, la moustache façon Clark Gable, de petits yeux de cocker, et, pour couronner le tout, une casquette de marin breton d'où sortent des cheveux roux bien lissés... On dirait une perruque...

Je le trouve très laid. Je ne pouvais pas me faire réveiller par pire calamité! Je viens de passer du paradis à l'enfer sans escale.

« T'aimes pas les chats, cosin!

Encore un mot et je lui fais passer à vie son amour immodéré pour les carnassiers domestiqués.

« T'aimes pas les bites?

– Non, j'aime pas les bêtes, surtout lorsqu'elles sont sur des bateaux! Un chat, c'est fait pour traîner dans les canivaux et coucher dans les poubelles, pas pour s'taper des croisières... T'as pigé? dis-je en haussant le ton.

– Faut pas s'nerver comme ça, cosin... Ça change à rien...

– Comment, faut pas s'nerver!... J'dormais, j'étais super bien, et toi, tu viens me réveiller avec une histoire de greffier noir qui s'est barré sous ma banquette.

– S'nerve pas, s'nerve pas, c'est pas la peine... J'ma scouzé déjà, j'peux pas dire mieux... Mais c'est dommage qu't'aimes pas les chats, parce que çui qu'aime pas les bites, il aime pas les hommes... C'est ça qu'on dit...

Encore un mot et j'l'abonne pour vingt ans à *la Vie des bêtes.*

Terminé, Safia, tu peux finir ton jus de pamplemousse seule, je ne reviendrai pas... Je suis totalement hors jeu... A bientôt peut-être dans d'autres rêves... Je ne t'oublie pas.

– T'es plus nervé cosin? demande mon briseur de rêve.

– Ça va maintenant...

– Dis-moi, cosin, ça t'fait rien si j'dégage mon nez à côté de toi?

– Non ça m'fait rien... Tu peux dégager ton nez.

– T'es gentil cosin.

Il se tortille sur son fauteuil, fouille dans la poche de son pantalon pour en sortir une petite boîte ronde et métallique. Il serre son poing droit, saupoudre son pouce et son index, sniffe un grand coup dans chaque narine la poussière brunâtre.

« Ça digage bien... t'en veux? dit-il en éternuant.

– C'est quoi?

– Neffa.

– Ah oui! c'est pas c'qu'on appelle l'héroïne algérienne?

– T'es maboul! J'suis pas un drogué, grommelle-t-il.

– J'peux essayer?

– Bien sûr cosin; tiens.

Je saisis la petite boîte en fer et imite le sniffeur. Un grand coup dans chaque narine. J'ai le nez qui brûle, les yeux qui pleurent, je suffoque, je crache.

– C'est balèze ton truc!

– T'as vu, ça digage... C'est bone!

– J'sais pas si ça dégage, mais en tout cas, ça réveille.

– Dis-moi cosin, t'as ta maison qu'françà?

L'originalité des questions que se posent les gens dont le hasard a forcé la rencontre m'a toujours sidéré, en particulier chez nous les Maghrébins, originaux devant l'Éternel. Je puis même vous annoncer que, sans tarder, il va me demander la profession que j'exerce, le nombre de mes frères et sœurs, de quelle région d'Algérie je suis originaire, enfin tout le registre...

« Ton travail, c'est dur?

J'ai gagné. Je dois avoir des dons d'extralucide. Je réponds que... que j'ai trois frères et deux sœurs, que mes parents sont originaires de la petite Kabylie...

« Mais j't'a pas d'mandé tout ça. J'en a rien à foutre de savoir combien t'en as de frères et de sœurs et pis d'où viennent tes parents... J'suis pas un boulicier pour t'erroger les gens comme ça...

Merde! il a l'air vexé le « cauchemar ». J'aurais peut-être pas dû anticiper, mais de toute façon on en serait à coup sûr arrivés au même résultat.

– Excuse-moi... c'est quoi ton boulot?

Histoire d'inverser les rôles. J'en ai ras les Santiags d'être toujours celui qu'on questionne.

– L'bomba tomic! dit-il en me terrassant d'un sourire doré. Toute sa fortune scellée au bout de ses gencives.

– Tu s'rais pas en train d'te foutre de ma gueule par hasard?!

– Non, non, cosin, j't'a dit l'bomba tomic! insiste-t-il.

Je vais de surprise en étonnement; nous avions un atomiste algérien et nous ne le savions pas. C'est fou ce que l'immigration regorge de génies. Algérie, si tu savais que l'homme qui est assis près de moi donne dans la recherche atomique et qu'accessoirement, pour se distraire, il rampe à quatre pattes pour attraper un chat noir sur le *Tassili,* sûr que tu y regarderais à deux fois avant de laisser s'exiler un talent pareil.

– Qu'est-ce tu fais dans la bombe atomique?... La mèche?

L'atomiste algérien ne réagit pas. Il n'a pas saisi mon trait d'humour...

« C'est quoi ton travail dans la bombe atomique? répétai-je en insistant sur chaque syllabe.

– Ben on fait des chantiers à l'Annemasse. Colmar, Troyes, Saint-Dié. On va travailler aussi à l'Allemagne, à la Belgique, bombarde-t-il. L'bireau d'la maison il est à Villeurbanne... Moi j'habite Lyon... J'suis lyonnais.

– Tu veux dire que tu fais des chantiers pour les centrales nucléaires? essayai-je de comprendre.

– Oui, j'croye que c'est ça, dit-il en hochant la tête.

– C'est pas les bombes atomiques alors!

– J'sais pas, mais depuis que j'a trouvé ce travail, mes copains y m'appellent Abou Batomic.

Va pour Abou Batomic!

– Moi c'est Omar.

– Gatlato, ricane-t-il.

C'est drôle. Bon, à présent assez déliré, j'vais aller prendre l'air du large.

« Où t'y vas?

– Faire un tour, mais j'te jure que si j'vois le chat, j'lui dis que tu l'cherches!

– Saha! C'est gentil cosin!

★

Je croise Lunettes d'écaille dans le couloir central.

– T'as l'heure, s'te plaît?

Il regarde sa montre à quartz grosse comme un paquet d'Algéria au goût français.

– 16 heures 58 minutes 57 secondes, non, 16 heures 59, rectifie-t-il.

Je le remercie pour son goût prononcé de l'exactitude.

Il sourit.

★

Algérie s'est envolée.

Algérie a disparu...

Il fait chaud, trop chaud. Je cherche désespérément un coin d'ombre. Il n'y en a pas.

Le *Tassili* imperturbable continue de déchirer les eaux azurées de la Méditerranée.

Algérie s'est complètement diluée...

Que reste-t-il de Ghardaïa, cité sortie tout droit de la lampe magique de Salah Eddin. Ghardaïa, fourmilière humaine, chacun son rôle, précis, clair et déterminé. Ghardaïa, où la prétendue avarice des Mozabites n'est qu'une vulgaire image d'Épinal savamment entretenue par le peuple de la côte. Ghardaïa, princesse du désert, je me souhaite de ne jamais oublier nos interminables discussions nocturnes avec Hamid, le serveur du restaurant Les Mille et Une Nuits et Amar le pompiste. Nous refaisions le monde à notre manière. Hamid affirmait, verre d'anisette à l'appui, qu'un jour il se porterait acquéreur d'un boxon où les prostituées seraient toutes plus blondes les unes que les autres. Amar rêvait que le pistolet de la pompe à essence cessait de cracher de l'or noir et il nous avait benoîtement annoncé qu'il se contenterait d'or, bien jaune, précisait-il en riant. Moi, je rêvais de devenir maire d'une métropole peuplée d'ANI; la qualité de mes slogans électoraux les avait subjugués. Jugez-en : « Votez Omar l'homme sans fard » – « Pour nous, peuple de bâtards, votez dare-dare Omar le moins ringard », ou encore : « Si l'ennui vous ennuie, votez Omar, l'ANI plein de vie. »

Nous rêvassions. C'était bien. Non, je ne veux pas oublier nos nuits ensoleillées de fraternité.

Mais tu es déjà loin, Ghardaïa. Je te laisse au Mzab.

Que reste-t-il de Touggourt et de ses gargotiers qui refusent de vous vendre la moindre goutte d'alcool, sous le sempiternel prétexte... Islam et patati et patata... Que reste-t-il de ces gargotiers habités par la foi, qui attendent la tombée de la nuit pour vendre dans l'arrière-boutique de leur échoppe, aux amateurs de gros rouge affluant tels des moustiques attirés par la lumière, leur dose de pinard quotidienne, moyennant dinars sonnants et trébuchants ? Que reste-t-il de Touggourt où tout se troque sous la djellaba ?

Que reste-t-il de ce minable « restaurateur » qui m'invita à déguster la « spécialité maison » – « Tu t'en souviendras longtemps », m'avait-il prédit. Je me voyais m'empiffrant de somptueuses victuailles; ma déception fut à la hauteur de mes illusions quand je le vis arriver avec un plat de pommes de terre baignant dans un bouillon d'huile rougeâtre. Un instant je crus me consoler; il me sembla apercevoir un morceau de viande dans cet amas de féculents : ce n'était qu'un mirage. Après un transit intestinal d'une rapidité foudroyante, je dus sortir en catastrophe et souiller les sables brûlants du Sahara.

... Dis Maman, pourquoi t'as oublié de glisser dans mon bagage une boîte d'Ultra-Levure ?!...

Que reste-t-il de cet hôtel de luxe, zaama [1], sa piscine

1. Prétendu.

d'eau verdâtre, gluante et puante qui n'avait pas dû être changée depuis... Où l'on me fit payer plein tarif le prix de l'ennui et de la glauquitude...

Touristes non avertis, aventuriers en mal d'étendues désertiques, attention! à Touggourt mirages dangereux! Soyez prudents.

Que reste-t-il de Bejaïa la nantie, où les notables de la ville n'ont d'autres préoccupations que de se faire venir du marbre rose pour leur villa en construction, que de s'interroger sans fin sur la valeur argus de la dernière automobile acquise en magouillant avec un pauvre bougre d'émigré, ou de débattre sur le prix du pinard et du whisky qui ne cesse de grimper?

Bejaïa et ses plages de sable blond où, sans aucun doute, il aurait fait bon se promener main dans la main avec une de ces nymphes brunes aux yeux verts que seules les majestueuses montagnes du Djurdjura savent enfanter. Hélas, la réalité fut cruelle; je dus me satisfaire de la compagnie d'une ribambelle de cousins tous plus moustachus les uns que les autres, qui prenaient un malin plaisir à se moquer de mon accent kabylo-parigot. Bejaïa, j'avoue n'avoir pas eu le courage de grimper jusqu'à Yema Gouraya pour déposer mon aumône comme le veut la tradition. Excuse-moi, j'ai pas de santé, je m'essouffle vite et je suis loin d'avoir des mollets d'alpiniste. Bejaïa, je te laisse à la Kabylie.

P.S. Encore une chose, prends soin de Yema Gouraya, je lui enverrai un mandat dès que je serai rentré à La Garenne-Colombes.

Que reste-t-il des Aurès, de ces paysages lunaires et féeriques. Que vous reste-t-il Chaouïs [1], vous qui fûtes dans vos innombrables heures de gloire le cauchemar permanent d'un peuple vert-de-gris bardé de lance-flammes, de fusils mitrailleurs, d'avions crachant napalm et autres merdes; où êtes-vous?

Non! vous n'allez pas me faire croire que les vieux bergers qui surveillaient quelques rachitiques moutons sur la route d'Arris...

Que ces enfants vêtus de guenilles qui m'avaient taxé de quelques cigarettes...

Que ces femmes qui ployaient le dos sous les monceaux de fagots de bois...

Que ce sont eux les Chaouïs?! Les valeureux combattants du djebel que tout le monde redoutait... Que ce sont ces mêmes gens qui ont fait passer de sales quarts d'heure au contingent de Gaulois venus jouer à la guéguerre? On m'avait tant et tant commenté vos exploits! Et cette phrase que ne se lasse pas de ressasser mon vieux lorsqu'il évoque sa Guerre : « 400 paysans qui ont mis l'armée française en déroute, ça c'est des hommes. »

Chaouïs, je pensais vous connaître, je ne vous ai pas reconnus. Je n'ai vu que des spectres déambuler dans des villages tristes comme la mort. Je veux avoir rêvé un mauvais film de série B.

Chaouïs, je vous laisse à votre passé et aux heures de gloire des Aurès.

Que reste-t-il d'El Djazaïr, son atmosphère électrique et suffocante. El Djazaïr, duplicata de Shanghai. El Djazaïr

1. Habitants des Aurès.

grouillant d'un peuple robotisé qui ne prend même plus le temps de se faire plaisir en admirant sa mer, qui n'a plus la curiosité d'aller voir si au printemps Tipasa est toujours habité par les dieux et si les dieux parlent encore au soleil. El Djazaïr la frondeuse! Tu roules ta caisse parce que tu te sais la plus belle! Mais n'en rajoute pas, car ta Casbah fout le camp, rongée par le salpêtre. El Djazaïr qui, à elle seule, pourrait remplir de son histoire la banque mondiale de la littérature. El Djazaïr, tes quartiers populaires où pullulent des milliers de mômes insolents et rebelles, mais avec dans les yeux une chaleur à vous étouffer.

El Djazaïr, tes odeurs d'orangers et de jasmin me manquent. El Djazaïr, je te hais d'amour...

Je laisse El Djazaïr à l'Algérois...

Que restera-t-il demain quand j'aurai retrouvé José-Luis, Stéphane, Mouloud, Sylvie et les autres?... De quoi parlerai-je dans la cage d'escalier de notre building de l'an deux merdes...?

★

J'ai envie de déféquer par-dessus bord pour vérifier si le principe de ce vieil Archimède, plus de deux mille ans après, tient toujours le coup. Mon anus en frémit d'avance, mais ma raison me recommande vivement d'aller me vider dans d'autres eaux – celles des tines qui jouxtent le self. Une visite éclair dans les cinq WC qui composent la salle de soulagement me permet de constater qu'aucune des cinq portes ne ferme. Je m'assieds en désespoir de cause dans le gogue qui me semble le moins atteint par la... Je bloque la porte avec mon pied... Bonjour la gamelle d'eau! Je me lave les mains. Le robinet fait preuve d'une infantile mesquinerie, il ne laisse échapper de son goulot qu'un rachitique filet d'eau. Sur l'autre évier, un vieil homme se prépare aux ablutions. Je fais mine de ne pas le voir, mais nos regards se croisent par miroirs interposés. Il est très impressionnant. Il a le visage de ces hommes qui ont fait le voyage de La Mecque et qui sont revenus, l'âme visitée par la grâce d'Allah.

– C'est l'heure de la prière, mon fils.

Je souris et acquiesce hypocritement, comme si je le savais.

Merci pour la serviette! Je m'essuie les mains sur mon jean, il en a pris l'habitude. Je m'écarte pour laisser passer l'Hadj.

La bonté se lit sur son visage.

« Tu viens à la prière, mon fils? insiste-t-il.

Blocage net. C'est certainement la question la plus embarrassante qu'on m'ait jamais posée. Si je lui dis que mon savoir théologique se limite à « Allah ou Akbar » et « Inch Allah », je vais passer pour le dernier des connards. Si je lui réponds que ça ne m'intéresse pas, je vais passer pour le fils du diable en personne, et qui peut deviner la suite...?

Je bégaie :

– J'termine mes ablutions et j'te rejoins.

– J'peux t'attendre fiston, dit-il en s'appuyant sur l'encadrement de la porte.

Mon Dieu qu'il est fort... C'est un roc!

– Non, non, j'te rejoindrai...

– Comme tu voudras, je suis sur le pont.

Ouf! Merci Allah de m'avoir aidé à sortir de ce mauvais pas.

★

Le choix des distractions à bord du *Tassili* est absolument ahurissant. On ne sait plus où donner de la tête. Soit c'est le fauteuil, on attend les bras croisés que le temps passe, soit c'est la buvette avec Chérif et ses acolytes, soit c'est le pont. A tout prendre je préfère le pont, il y fait bon, les gens sont décontractés et il y a la mer. Ah la mer! Au premier abord ce n'est que de l'eau, cela n'empêche qu'elle a inspiré un wagon de poètes et je ne compte pas les chansons qui en ont découlé. Eh oui! C'est beau la mer! Mais, dommage pour moi, ça ne m'inspire pas.

★

Quelle heure peut-il bien être? Tiens, Lunettes d'écaille tombe à pic.

– Tu peux m'refiler l'heure, s'il te plaît?

– Oh! la la! soupire-t-il, il faudrait que vous perdiez l'habitude de me demander l'heure, je ne suis pas l'horloge parlante!

– C'est pas la peine de l'prendre comme ça!... Garde-la ton heure pourrie!...

– Ça fait six fois qu'on me demande l'heure en... (il consulte sa grosse montre à quartz pleine de petits boutons...) en 5 minutes 12 secondes... Ça suffit! D'ailleurs, je vais la mettre dans ma poche, comme ça vous n'en abuserez pas.

– Laisse béton, c'est un cave!

Je me retourne. C'est mon compatriote ANI, toujours

bardé de son Perfecto. Bien entendu, le dialogue s'installe sans le moindre préambule ni protocole. On est comme ça chez les ANI : pas besoin de salamalecs.

« Ça va?

– Ça va.

– Fait chaud!

– Fait chaud!

– Content de rentrer?

– Ouais, content de rentrer!

– Qu'est-ce que t'es venu foutre au bled?

– J'suis venu passé un SAV.

– Qu'est-ce que c'est que cette embrouille? s'étonne-t-il.

– Stage d'adaptation volontaire...

– Jamais entendu causer... Ça s'rait pas un truc organisé par les corbeaux?

– T'es malade! j'ai une tête à fréquenter les curetons!?

– Mais qu'est-ce que c'est alors? continue-t-il (de s'interroger).

– C'est un stage que je me suis organisé, histoire de voir si j'pouvais battre mon record de durée en Algérie. C'est pas plus compliqué qu'ça.

– Moi, ça me serait jamais venu à l'esprit... Et c'était combien ton record?

– Il y a trois ans, j'avais tenu quinze jours.

– Et maintenant?

– Au bout de dix-huit jours, j'ai craqué. J'en pouvais plus... Vidé... Plus rien dans les tripes... J'ai capitulé... C'est con, j'm'étais super bien préparé. J'avais toute la panoplie, sandales, saroual, quelques mots d'arabe, la crème solaire, enfin tout, quoi!

– C'est quand même pas mal dix-huit jours, apprécie-t-il.

– La honte tu veux dire... Quand j'pense que ma frangine, l'année dernière, elle est restée plus d'un mois... Ça la fout mal, non?

– Mais non, t'as battu ton record, c'est ça qui compte. Pour les gonzesses c'est pas pareil, dès qu'elles arrivent au bled, elles restent dans la famille et n'en sortent pas. C'est facile de camper des mois dans ces conditions.

– Remarque, t'as raison, dis-je, tout heureux d'avoir trouvé une oreille complaisante et compatissante.

– Mais moi, j'connais plus fort que toi. J'ai mon pote Mustapha... Lui c'est un battant... Il a tenu vingt-quatre mois.

– Balèze le mec! m'étonnai-je.

– Tu m'diras qu'y pouvait pas tellement faire autrement, vu qu'ils l'ont envoyé jouer au petit soldat du côté de Guelma... J'te raconte pas le cauchemar qu'il a vécu...

– J'imagine...

– Le pauvre! Y savait pas un mot d'arabe, à part du pain, de l'eau, d'la viande, enfin les trucs pour bouffer quoi... deux piges qu'il a avalées. Vaut mieux que j'te raconte pas le reste, ça va te traumatiser...

– Ben si, continue...

Il ne se fait pas prier et poursuit :

– Ouais, t'aurais vu la tronche du lascar quand un matin y s'est pointé cité des Cosmonautes à Bobigny... Il était tout maigre, y pigeait plus rien, il avait les yeux vitreux et les paupières atrophiées... Quand y t'matait, t'avais l'impression qu'ses yeux allaient tomber dans ses chaussettes...

– Tu déconnes mon pote!

– J't'assure, c'est vrai... Même qu'il a fallu qu'il fasse de la musculation oculaire pendant six mois.

– T'arrêtes un peu d'ventiler... J'suis pas une trompette.

– J'te dis qu'c'est vrai, merde!... Maintenant, ça va mieux pour lui, il se remet p'tit à p'tit... Mais tu sais, quand y raconte des histoires de caserne, eh ben ma parole... Tu t'marres pas des masses, enfin si, parce que tu sais pas la meilleure? ricane-t-il.

– Non...

– Il était parti en Algérie pour aller voir son cousin qu'était encaserné... Elle est bonne hein! Tu trouves pas?

Il éclate de rire, je ris aussi parce que je pense que son pote il a pas dû inventer le fil à couper l'eau tiède. Aller narguer son cousin qui fait l'armée quand on sait que c'est la dernière des choses avec laquelle on rigole en Algérie... Faut l'faire!

– Et toi, y t'ont jamais serré pour jouer au cow-boy? dit-il l'air sournois.

– Si, mais y m'ont j'té au bout de huit jours. Faut dire que j'm'étais fait faire un super certificat médical par le beau-père de ma copine qu'est cancérologue. Y m'ont demandé quel cancer j'avais. J'ai répondu que c'était un grand cancer, que ça partait de la tête et que ça finissait du côté des genoux. Y z'ont eu pitié de moi, et c'est comme ça qu'j'ai pas mangé de la purée de pois et des lentilles aux cailloux.

– T'es veinard, toi alors!

Il en reste bouche bée.

– Et toi, y t'ont jamais encaserné?

– Y z'ont pas pu. J'me suis fait français juste à temps,

mais maintenant y'a Madame la France qui m'guette. (Il cligne de l'œil.) J'l'entends venir avec ses gros sabots... J'la laisse rêver... J'ai pas fait l'armée chez les Arabes, alors tu penses bien qu'j'vais pas la faire chez les Roumis... Non, j'ferai que dalle... Mes couilles. Jamais j'porterai d'uniforme; l'uniforme ça me fout la gerbe.

Il enfonce son index et son majeur dans sa bouche comme pour vomir... Il est taré ce mec!

– Dis-moi, y'a un truc que j'pige pas dans ton affaire...

– C'est quoi? dit-il en s'essuyant les doigts enduits de salive sur son T-shirt.

– Ta famille au bled, y t'ont jamais demandé pourquoi tu f'sais pas l'armée chez eux?

– M'en parle pas... Le flip... Tu sais, chez mon oncle à Alger, c'était l'angoisse... J'dormais mon froc sous l'oreiller... Imagine que l'oncle, zaama grand moudjahid, y découvre que j'ai un passeport bleu et une carte d'identité jaune, j'te jure ma parole qu'y m'égorge sur place... J'pouvais pas fermer l'œil de la nuit.

– J'imagine... Et Alger, t'as bien aimé?

– Tu sais, Alger j'connais bien. J'suis pas venu faire du tourisme ou voir la famille, dit-il en relevant le col de son cuir noir.

– Ben, qu'est-ce t'es venu branler alors?

– Moi, j'donne dans la musique. J'écris et je chante mes chansons, alors j'étais parti voir si y avait moyen de moyenner un passage dans une émission à la télé algérienne.

– Et ça a marché?

Il retire son blouson de cuir... Un vrai sac d'os...

– Tu penses, réplique-t-il. J'ai attendu trois jours avant de pouvoir être reçu. Finalement, y a un lascar genre

« costard trois pièces, j'traîne dans les couloirs parce que j'ai rien à glander » qui m'a dit que la grille des programmes était surchargée et que si j'repassais dans trois mois, ils étudieraient mon cas, zaama. Comme si j'allais revenir dans trois mois!...

– Pourquoi tu veux pas revenir dans trois mois?... Ça s'trouve ça va être bon...

– T'as pas pigé qu'il s'est foutu de ma gueule! Mais ils le regretteront, tu verras... Bientôt je s'rai une star... Parce que dès que j'rentre à Paname, j'entre en studio avec les Bédouins Atomiques pour enregistrer un 33 tours.

– Les Bédouins Atomiques! coupai-je, ceux qui ont donné un concert dans la nouvelle mosquée de Saint-Denis?

– Évidemment! dit-il très fier.

– Dis donc, ça doit être super d'être musicien...

– C'est bien, mais c'est pas facile. Avant d'être une star, crois-moi faut en chier... J'suis sûr que tu vois que l'côté fans, autographes et tout le tralala, mais c'est autre chose... De toute manière, tous les métiers peuvent être intéressants, si on les choisit... Toi, par exemple...

– Moi, j'suis vendeur de vent, à temps complet, dans une soufflerie.

Il ouvre des grands yeux et lisse sa fine moustache.

– Connais pas... Et t'arrives à prendre du blé avec ce job?

– Y a plusieurs paramètres qui entrent en jeu : les fluctuations monétaires, Wall Street, Daw-Jones, le serpent monétaire, s'il se mord la queue ou pas (pour les Algériens d'Algérie, comprenez : s'il se mord la chaîne ou pas), pas facile à expliquer, ironisai-je.

– Laisse béton, j'ai rien compris... Au fait, mon prénom

c'est Ferhat, mais cité des Petits-Chaperons-Verts à Gennevilliers on m'appelle Féfer... Parce que j'adore les épinards, paraît aussi que j'suis le plus dur... Remarque, sans m'vanter, c'est un peu vrai, insiste-t-il.

– Moi, c'est Omar, mais cité des Irlandais à La Garenne-Colombes on m'appelle encore Omar.

Ferhat *alias* Féfer gratte les barreaux de la rambarde de sécurité avec un médiator qu'il a tiré de la poche de son blouson de cuir.

– T'avais une guitare tout à l'heure...

– J'l'ai laissée à une vieille... Elle la garde...

– Va la chercher, on va s'la donner un peu, y a rien d'autre à foutre...

– OK mec, j'y vais.

★

Les deux aventurières, mollets au soleil, sont allongées l'une auprès de l'autre sur des transats de location. La plus jeune, blondinette à souhait, a posé sur ses genoux un couffin d'où dégueulent une serviette rouge à pois verts, la carte Michelin et un foulard kabyle. Sa camarade, brunette, pâlotte et fadasse, ne cesse de réajuster ses lunettes de soleil, de s'agiter et de soupirer qu'il fait trop chaud. La blondinette ne répond pas... Doit être encore en vacances...

– Tu m'écoutes quand j'te parle?

Blondinette n'écoute pas... Ailleurs j'vous dis!

– T'as qu'à te foutre à l'ombre si t'as trop chaud, lui dis-je, bien conscient tout de même que ce n'est pas mes oignons.

Elle ôte ses imitations Ray-Ban.

– Pardon?

– Oui, au lieu de te lamenter depuis tout à l'heure parce que t'as trop chaud, t'as qu'à te mettre à l'ombre!

– Mais de quoi vous mêlez-vous? Ce n'est pas votre problème que je sache, répond-elle mi-surprise, mi-vexée.

– Il a raison, reprend Blondinette, mets-toi à l'ombre.

– M'enfin qu'est-ce que c'est?... Une cabale!

– Mais oui, Francine, tu ne cesses de ressasser que tu as trop chaud...

Excédée, Francine, puisque tel est son prénom, me fusille du regard.

– Vous voulez bien vous pousser, vous me faites de l'ombre, me demande-t-elle en essuyant ses lunettes de soleil.

– Ben justement, tu devrais être contente.

– M'enfin c'est un monde ce type! dit-elle en ajustant ses lunettes noires sur le haut de son nez.

– Calme-toi Francine, murmure Blondinette.

– Elle a raison ta copine, t'énerve pas. On va pas s'engueuler parce que t'as des vapeurs.

– Je ne m'énerve pas, s'offusque-t-elle, je ne m'énerve pas...

– A la bonne heure!

– Bizarre, ce type, bredouille Francine en s'approchant de Blondinette.

– Pourquoi?

– J'sais pas, mais il a l'air bizarre!

– Eh! c'est pas la peine de m'tailler un costard... J'entends tout.

– Qu'est-ce qui raconte? demande Blondinette.

– J'en sais rien... Bizarre j'te dis!

– Mais non, j'suis pas zarbi, j'm 'ennuie c'est tout... J'ai envie de parler.

Pourvu qu'elles ne s'imaginent pas que j'leur monte un plan drague, parce que, d'une part, loin de moi cette pensée et, d'autre part, c'est pas le genre de femmes pour qui je sauterais par-dessus bord. Le bermuda, les cheveux teints au henné, la chemise afghane et les baskets, c'est plus le genre de la maison Omar. C'était bon quand j'avais quinze ans. Maintenant, je laisse ça aux babas cools (s'il en reste encore). Remarquez, je dis ça, mais la Blondinette...

– Écoutez...

– Tu sais, tu peux m'tutoyer, Francine.

– Comment sais-tu que j'm'appelle...

– J'suis médium.

Elle esquisse pour la première fois un timide sourire.

– Écoute, on est fatiguées, on n'a pas envie de parler, mais, si tu veux, je peux te prêter un bouquin.

– Ah ouais, et qu'est-ce que t'as comme bouquins?

Elle prend le couffin des genoux de Blondinette et me sort le *Guide bleu du tourisme* et *l'Algérie autrement.*

– Toi alors! T'en as d'la littérature! dis-je admiratif.

– Lequel tu veux? me presse-t-elle.

– Bof! Le *Guide bleu du tourisme,* ça m'aurait plutôt intéressé à l'aller... T'aurais pas un polar?

– Non... C'est ça ou rien.

– Bon, j'vais prendre *l'Algérie autrement.*

Blondinette, qui n'avait pas pipé mot depuis l'ombrageuse altercation avec Francine, sort de sa torpeur et se joint à la conversation.

– Ça me ferait plaisir que tu me dises ce que tu en penses, car nos amis algériens nous ont affirmé que ce livre était bourré de contre-vérités. J'aimerais que nous en discutions, si bien sûr tu n'y vois pas d'inconvénient, susurre-t-elle, encore à moitié endormie.

– Ce sera avec plaisir, mais tu sais...

– Je m'appelle Nelly.

– Ouais, tu sais moi, j'suis pas tellement balèze en problèmes algériens... La banlieue parisienne, c'est plus mon truc...

– Mais l'Algérie, c'est ton pays...

Je ne l'écoute pas. Je connais leur baratin... Ton pays... Tes racines... Ton drapeau... Ton père... Ta mère... Tes frères... Tes cousins... Les moutons... Tes dattes... Tes pois chiches... La nostalgie... J'en passe, et des meilleures.

Je feuillette discrètement le nombre de pages du bouquin... Trois cents pages! Si elle s'imagine que je vais me taper trois cents pages sur l'Algérie, même « autrement », elle rêve.

– Écoute Nelly, j'vais lire à côté... Trop de vent ici.

– Eh bien, d'accord...

– Omar... Moi, c'est Omar.

– Eh bien, d'accord Omar, dit-elle en ponctuant d'un large sourire.

Je me lève et lui fais un clin d'œil entendu. Je fais quelques pas et m'assois sur la longue banquette de bois. J'ouvre *l'Algérie autrement.* Les photos d'illustrations ressemblent à toutes les photos que j'ai déjà vues sur l'Algérie. Un moudjahid, fusil en main, arpente les chemins rugueux et rocailleux du djebel pendant la guerre de libération. Des femmes voilées aux regards inquiets. Des grappes d'enfants jouant au football sur un terrain de fortune dans la banlieue oranaise. Alger d'aujourd'hui avec son lot quotidien d'embouteillages. Une gamine aux cheveux roux vêtue d'une robe blanche donne la main à un vieillard... Peut-être son grand-père... Je la trouve adorable... Safia devait lui ressembler... Les articles signés par des journalistes que je ne connais pas, ou par des célébrités du monde politique algérien dont l'avenir se conjuguerait plutôt à l'imparfait...

De temps en temps, je jette un furtif coup d'œil sur les deux tiers-mondistes qui se dorent la pilule au soleil. Profitez-en, demain c'est la France avec ses brouillards, son froid, ses pluies; les grippes, les rhumes et les grosses chaussettes. Francine, excitée comme une puce, n'arrête pas de s'agiter sur son transat. Nelly s'est fait happer par Morphée, je l'entends ronfler d'ici.

J'ai déjà plus envie de lire leur bouquin. Je termine la lecture de l'édito et je le leur ramène. Faut au moins que j'aie quelque chose à dire.

– Tu as déjà tout lu? me lance Francine.

– Non, bien sûr, mais tu sais, c'qu'il y a dans ton bouquin, c'est pas des scoops.

– Parfait, on va pouvoir en discuter, alors!

– Mais Nelly...

– On va pas la réveiller, murmure-t-elle.

– Elle avait dit qu'elle voulait participer à la conversation, murmurai-je à mon tour.

– Tu n'as pas envie de discuter avec moi... Je ne suis pas assez...

– C'est pas c'que j'voulais dire, mais ta copine...

– Tu vois bien qu'elle dort, coupe-t-elle brusquement.

T'es vraiment pas sympa, Nelly, de t'être assoupie, c'est toi qui désirais que je te parle du bled, moi j'en avais rien à faire. J'ai l'air malin maintenant, il va falloir que je m'enfile des kilos de palabres avec ta camarade dont je ne supporte ni le physique de gardien de cimetière, ni la voix de castrat. Merci pour lui.

« T'es prêt ?

– Ouais, vas-y, dis-moi qu'est-ce qui te tracasse, quel est ton problème ?

– Voilà, l'Algérie, ça fait six années de suite que j'y passe mes vacances, mais il y a certains us et coutumes que je ne m'explique pas encore très bien.

– Ah oui, dis-je hypocrite.

– Oui, en tant que femme, c'est bien évidemment le problème de la femme qui me sensibilise le plus.

Je lui fais remarquer au passage qu'elle est allée en Algérie trois fois plus que moi et qu'elle ferait mieux de parler *des* problèmes de la femme. Ras le bol de ces expressions toutes faites : *le* problème de la femme, *le* problème de l'immigration, *le* problème des chiens abandonnés pendant les vacances en Espagne. Elle sourit. Elle ferait mieux de s'abstenir, elle a les dents toutes jaunes.

« En effet, vous, Algériens, vous parlez toujours de la libération de la femme, mais que faites-vous pour les aider ? attaque-t-elle. Il suffit de sortir des grandes villes pour s'apercevoir que la libération de la femme chez vous n'est qu'un leurre. Dans les milieux ruraux que j'ai eu l'occasion de visiter, les femmes vivent encore au Moyen Age.

Oh ! la la ! je vois le genre de gonzesse, MLF et toutes leurs salades. Il n'y en avait qu'une sur le bateau, il a fallu que ce soit moi qui la ramasse... Pouvait pas dormir comme sa copine ?...

– Qu'est-ce que tu veux que j'te dise là-dessus, moi ?

– Tu vas pas commencer à te dérober, dit-elle en bombant le torse.

Tiens, j'avais pas remarqué qu'elle avait des gros poumons.

– D'abord, moi, j'ai jamais entendu d'Algériens parler de la libération de la femme, à part mon cousin, mais à chaque fois qu'il en cause, c'est qu'il a un plan derrière.

– Mais qu'est-ce que tu insinues?

– Tu veux que j'te fasse un dessin peut-être...

Elle suffoque et réajuste ses lunettes pour la énième fois.

– Ensuite, qu'est-ce que ça veut dire : « Qu'est-ce que vous faites pour la libération de la femme? », rétorquai-je en imitant sa voix de castrat... Elles z'ont qu'à se libérer toutes seules... Les gens se sont toujours libérés eux-mêmes, ou alors, quand on les libère, ils sont souvent encore plus dépendants, plus asservis.

– Pas une réponse, ça, fit-elle, dubitative.

– Ça ne te satisfait peut-être pas, mais j'ai rien d'autre à dire.

– M'enfin, toi, tu dois en pâtir de cette situation... En tant qu'homme, ne te sens-tu pas frustré de ne pouvoir exprimer pleinement ta sexualité?

Je la trouve de plus en plus gonflante. Faut que je trouve le joint pour dévier la conversation... Ras le bol de cette touriste traumatisée par les femmes du tiers monde.

– Vous êtes passées en Kabylie, parce que j'ai vu que ta copine Nelly portait de belles boucles d'oreilles qui ne se trouvent qu'à Beni-Yenni si ma mémoire est bonne, et je suis sûr qu'elle l'est.

– Non! répond-elle. Tu ne vas pas t'en sortir à si bon compte.

Quel compte! J'ai aucun compte à lui rendre à cette timbrée!

– Écoute-moi bien, ma grande. Moi ANI de France, j'ai tout ce qu'il faut pour exprimer pleinement ma sexualité, comme tu dis. Maintenant si t'es une malade de la quéquette...

– Phallo! coupe-t-elle offusquée.

– Quoi phallo! Non mais franchement, la libération de la femme en Algérie, qu'est-ce que tu veux que ça me fasse (menteur, si Safia avait été plus libre...). Et surtout qu'est-ce que je peux y faire? En vingt-trois ans, je suis allé trois fois au bled, et crois-moi, quand j'y vais j'ai autre chose à faire que de m'occuper des mouvements de libération des meufs... T'as pigé!?

– C'est bien ce que j'pensais, encore un phallo! s'esclaffe-t-elle.

Nelly s'étire. J'entrevois la naissance de son sein gauche.

Francine se calme et c'est tant mieux.

– Que se passe-t-il? Vous m'avez réveillée... J'étais si bien.

– C'est rien; juste une petite conversation avec ce jeune homme.

J'ai horreur de l'expression « jeune homme »; ça fait vieux et pas homme.

– Ce jeune homme s'appelle Omar.

– Avec Omar, reprit-elle.

– Oui, il voulait savoir dans quelles régions nous avions séjourné, beugle Francine.

– Non, ça ne m'intéresse pas, dis-je ironique.

– Ben, tu m'avais demandé..., s'étonne-t-elle.

– Non, non, t'as dû entendre des voix.

Elle se tourne vers Nelly qui n'a encore pas fait surface.

– Je t'avais dit qu'il était bizarre, ce type... Y a pas cinq minutes, il me demandait d'où nous venions et à présent, il dit...

Dans un sursaut, la blondinette Nelly se redresse.

– J'ai rêvé des vacances... de l'Algérie... J'étais bien.

– Et où t'étais en vacances, Nelly, demandai-je, histoire de faire la nique à Francine-MLF.

– Dans mon rêve ou dans la réalité? dit-elle tout sourire... Beaucoup de charme cette blondinette...

– Comme tu veux, choisis.

– Dans le rêve, je ne m'en souviens plus, de toute façon je n'ai aucune mémoire des noms... Mais je peux t'affirmer que les Arabes sont des gens formidables... Ah! oui, de braves gens! Ils nous ont accueillies chez eux à bras ouverts. L'hospitalité, chez vous, ce n'est pas une légende. Quand je pense qu'avant de partir, tous mes amis m'avaient mise en garde. Ils m'avaient dit : « Fais gaffe aux Algériens. Ils ne sont pas aussi accueillants que les Tunisiens ou les Marocains. » Ils avaient ajouté que vous êtes... comment dirais-je... Ne te vexe pas, mais ils ont prononcé le mot « sauvage ».

J'en avale ma salive de travers.

« Ils justifiaient cela en prétextant la guerre d'Algérie, paraît que vous avez beaucoup souffert et que les cicatrices ne sont pas toutes refermées. Maintenant, j'ai balayé toutes ces idées reçues et ça va beaucoup mieux, j'y vois plus clair, mais tu sais, au début, c'était l'angoisse.

– Ben, t'as de drôles de fréquentations, dis-je un peu vexé.

Et ça veut comprendre le tiers monde! Ça part en vacances avec dans les bagages des tonnes d'idées reçues, des clichés pris dans des glaces déformantes, et en plus ça veut nous donner des leçons de civilisation... Enfin, c'est pas grave. Ce qui me console un peu dans ce triste tableau, c'est que j'imagine très bien les Kabyles et leur hospitalité. Sûr qu'ils ont dû leur tirer des plans libération de la femme dans toutes les positions. J'en ris très fort dans ma tête.

– Au fait, les filles, vous êtes en voiture?

– Évidemment, aboie Francine.

– Et où habitez-vous? (Des fois qu'elles pourraient me remonter sur Paname...)

– Nantes, beugle Francine qui vient de faire tomber ses lunettes de soleil.

– C'est en Bretagne, merde!

Et les deux tiers-mondistes comme un seul homme :

– En Loire-Atlantique!

Tant pis pour ma gueule.

★

– Tu viens, Omar?

C'est Féfer qui revient avec sa guitare. Il a laissé son blouson de cuir au vestiaire. Franchement, je pense qu'il devrait retourner le chercher; avec son cuir, il pouvait faire illusion...

– Attends, j'suis avec des meufs!

– Laisse béton, elles sont nases, j'ai déjà essayé de m'brancher.

Les deux copines n'apprécient pas du tout que l'on parle d'elles de la sorte. Elles tournent la tête et font mine de s'intéresser à autre chose. Je propose à Francine et Nelly de me suivre pour écouter Féfer jouer de la guitare.

– Non merci, t'es gentil, mais on va profiter des derniers

rayons de soleil, répond Francine en se tortillant sur son transat.

– Mais si, venez, vous verrez bien, insistai-je.

– Tu n'as pas compris, je viens de te dire non!

– Comme vous voudrez, vous êtes libres...

– Bon alors, t'arrives Omar? Tu vas pas te mettre à genoux pour ces deux cageots!

– Cageot toi-même! rétorque immédiatement Francine.

Nelly, elle, se tait et rougit.

– Bon, je vous laisse les filles. A tout à l'heure peut-être...

Féfer accorde son instrument. Il le caresse avec douceur et volupté. Il y prend visiblement plaisir.

– Qu'est-ce tu veux que j'te joue, Omar?

– J'te dis tout de suite, c'est pas la peine de me ressortir les vieux standards des Stones ou des Beatles... Enfin je dis ça, mais tu joues c'qu'il y a de plus facile parc'que je me doute qu'avec le bruit des machines...

– Le plus facile c'est Renaud, dit le guitariste de banlieue.

– Vas-y pour Renaud!

– J'vais te chanter *les Charognards,* annonce-t-il.

– Super!

Féfer s'exécute. Les premières notes de musique tombent.

J'ai la chair de poule... Ça me rappelle tout... J'ai tout qui remonte... Les flics à la baraque, la perquisition, la vieille qui chiale... Déjà trois piges que mon petit frangin pourrit au placard dans la prison « modèle » de Fleury...

Quand je vais lui rendre visite, j'essaie de lui remonter le moral... Je lui raconte des blagues, les conneries de la petite sœur Lounja qui vient d'avoir deux ans et qu'il n'a jamais vue... Il me demande toujours si elle lui ressemble... J'acquiesce toujours... Il sourit. Je lui demande toujours s'il n'a besoin de rien... Il fait toujours non avec la tête... Il sourit et me dit que tout se passe bien... Sourire jaune, ouais! Veut pas me faire de la peine (je sais qu'au fond de sa poitrine s'étouffent des sanglots). Des sanglots de taulard, des sanglots pudiques qui ne traverseront jamais les murs de sa prison... Mais pourquoi est-il allé braquer la bijoutière, ce p'tit con? Pourquoi?... Il était jamais content... Voulait pas bosser... Pas faire le manœuvre... Pas transporter des gravats sur un chantier comme papa... L'usine c'est la prison, le chantier c'est pour les immigrés, pensait-il... T'as l'air malin maintenant, frérot, derrière les barreaux... Trois piges qu'il a pas vu un été, trois piges que je suis seul sur la route... Je ne lui ai pas envoyé de carte postale. J'ai pensé : si je lui écris une carte avec le soleil, la mer, le sable, sûr qu'il va avoir les boules. Il va pleurer. Je le connais bien mon petit frère; c'est un tendre, un sensible avec un cœur gros comme ça. Quand nous étions mômes, c'était toujours lui qui se mouillait pour aller piquer de l'argent dans le porte-monnaie du vieux. Et toujours, il divisait par deux. A côté de lui, je n'étais qu'une lavette, un dégonflé, un trouillard, un chiasseux... Une fois, pour la fête des mères, il avait fait les poches de l'oncle Rachid qui était venu passer la nuit à la maison... Un immense bouquet de fleurs il avait acheté. « Tiens, tu le donneras à la vieille, moi j'aime pas quand on m'embrasse », m'avait-il dit en baissant les yeux... Il s'est éclipsé et n'est revenu que très tard dans la nuit, une fois que tout le monde dormait. Mais pourquoi t'as braqué la bijoutière, p'tit con chéri... Tu sais, quand tout est gris dehors et que j'ai l'bourdon, je m'allonge sur ton lit et consulte l'album photo... Tu te souviens des photos de l'école Joliot-Curie... Tu faisais déjà la gueule... T'aimais pas beaucoup la mère Doucet... Elle te tapait sur les doigts avec sa grosse règle de bois qu'elle avait baptisée Caroline... Tu t'en souviens frangin?... Et celle où on est à deux sur le vélo de Pierrot, le fils de l'épicier, toi tu tiens le guidon et moi je suis sur le porte-bagages... J'ai même une tête d'abruti, je suis tout décoiffé... Tu t'en souviens, frangin?... Une fois passé en revue la galerie aux souvenirs, je referme l'album et ça va beaucoup mieux. Mais quand je suis seul dans ma tête et que je cherche désespérément une épaule sur laquelle m'appuyer, alors je sens à quel point ton absence fait en moi comme un grand trou béant. Bien sûr, je ne veux pas que tu le saches, tu serais encore capable de me traiter de gonzesse qu'a besoin de son petit frère pour traverser la rue... Et puis t'aurais raison, connard... Te fais pas de bile mon poteau... Y' aura des jours meilleurs... Dès que je rentre à La Garenne, je fais des économies pour le jour où tu seras libre, et je te jure sur la tête de la petite Lounja que je t'emmènerai en Algérie... Tu connais pas mais c'est super; je m'y suis fait plein de copains, à Ghardaïa, à Touggourt et à Bejaïa... Je te présenterai même Safia, c'est un canon, tu vas craquer devant son regard de braise... Je ne peux pas t'en dire plus, il faut que tu la voies... Tu verras, on sera bien... Je t'attends, mon petit Nasser... Putain de vie de mes couilles!

Petit Rouget, attiré par la musique, est arrivé. Il s'assoit en tailleur et passe la main sur ses cheveux bouclés. On dirait un ange. Féfer termine de plaquer les derniers accords.

– Ça t'a plu, Omar?

– C'est beau, mais elle est dure à digérer surtout quand... T'en as pas une autre qui nous fasse dégager ailleurs?

– Si, si, bien sûr, dit-il en tirant sur ses bacantes.

– Tu connais la chanson de Dorothée, *Ouh la menteuse, elle est amoureuse?* demande Petit Rouget.

– Non, celle-là je la connais pas, mais je peux te chanter la chanson de Goldorak.

– Tu m'prends pour un bébé! Tu vois pas que j'suis grand! J'ai... (il compte à haute voix sur ses petits doigts) un, deux, trois, quatre, cinq, six, sept... J'ai sept ans! Alors tu vois bien que j'suis pas petit... S'il te plaît, joue la chanson de Dorothée *Ouh la menteuse, elle est amoureuse...*

– T'es sourd! J't'ai déjà dit que j'la savais pas.

– Allez, vas-y, insiste le gamin.

– Tu commences à me les gonfler, petit... Et pis va voir ta mère, j'suis sûr qu'elle doit te chercher partout, lance le guitariste agacé.

– Laisse-le Féfer, c'est mon petit copain...

– Dis-lui d'la mettre en veilleuse, alors!

– Écoute Petit Rouget, tu peux rester avec nous mais tu fermes ta gueule... OK?

– D'abord j'm'appelle pas Petit Rouget... J'm'appelle Hakim; et pis j'ai pas une gueule, mais une bouche qui te dit merde!... T'as pigé mec?

– Il est bien ton p'tit pote, ricane Féfer.

– Qu'est-ce tu veux, dis-je, un soupçon de fatalisme dans la voix... On choisit pas toujours...

– Tiens, Omar, toi qui voulais dégager ailleurs, j'vais te balancer un morceau moitié blues, moitié jazz. Ça t'dit quelque chose? demande-t-il après avoir lâché quelques notes.

– Non, je connais pas... J'vois pas...

– Moi non plus, j'connais pas cette musique... Ç'est ça qu'il appelle moitié bouses, moitié nase? questionne Petit Rouget, un large sourire aux lèvres.

– Ferme-la, sinon Féfer y va s'mettre en colère!

– Tu crois p'têt qu'y m'fait peur!... Il est tout maigue...

– Omar, dis-lui d'la boucler, sinon j'le claque.

– T'as entendu, P'tit Rouget?

– Hakim! J'm'appelle Hakim, hurle-t-il. Tu l'fais exprès ou t'es débile?

Féfer réaccorde son instrument; il approche la caisse de résonance près de son oreille afin de mieux saisir les notes qui s'en évaporent. Je n'y connais pas grand-chose mais sa gratte, ça n'a pas l'air d'être de la grande qualité...

– C'est la merde! fulmine-t-il. J'entends rien avec le boucan des moteurs. J'descends l'accorder dans la salle de repos... J'peux pas jouer sur une guitare déréglée. Déjà qu' j'ai oublié mon diapason à la baraque...

– J'peux venir avec toi, s'il te plaît?

– J't'ai dit d'aller voir ta mère... Décidément t'as la tête dure!

– T'as qu'à rester avec moi Hakim, si tu veux!

– Ouais, mais toi tu joues pas d'la guitare.

– Je joue peut-être pas d'la guitare, mais je connais plein d'histoires.

– Ah ouais! Et elles sont marrantes? demanda-t-il intéressé.

– Archi-marrantes!

– Alors vas-y, raconte!

Le Petit Rouget Hakim ouvre grand ses petites oreilles.

– Il était une fois, peut-être deux...

– Comment ça, deux!... Ça commence jamais comme ça, les histoires! On dit : « il était une fois », et pis c'est tout!

– Ah bon! Je disais donc : « Il était une fois un petit ANI qui habitait Lyon »...

– C'est où, Lyon?

– Tu le sauras quand tu seras grand!

Hakim se tait et écoute attentivement la suite de mon histoire.

« Qui habitait Lyon... Ses parents n'avaient pas d'argent pour l'envoyer en vacances, alors le petit garçon traînait dans les rues, pendant que ses copains de classe étaient soit à la montagne, soit à la mer, soit à la campagne. Lui ne savait que faire de son temps. Il se fit tout de même quelques petits camarades, des petits pauvres comme lui qui n'étaient pas partis en vacances.

– Mais où t'as vu qu'elle était drôle, ton histoire?!

– Attends la suite...! Ils décidèrent tous ensemble, pour s'amuser et passer le temps, de fabriquer un grand bateau avec les planches de bois du nouveau chantier où l'on construisait la nouvelle cité. Dès que les maçons avaient le dos tourné, chacun leur tour, ils faisaient le mur et piquaient du matériel.

– Combien qu'y z'étaient? interroge Hakim, de plus en plus intéressé.

– Euh... huit; ils étaient huit et chacun d'eux avait choisi sa destination : Moi, disait l'un, quand le bateau sera terminé, je voudrais partir à Tahiti; il paraît qu'il fait toujours beau, qu'il y a plein de noix de coco et que les filles sont belles... Moi, disait un autre, je voudrais partir à New York; il paraît que c'est bien, et y'a plein de marchands de hamburgers géants et plein de boîtes de nuit... Moi, je voudrais partir en Chine, y paraît que là-bas on mange avec des petits bâtons; en plus j'aime bien le riz... Moi, je voudrais partir au Mexique; mon grand frère y dit toujours qu'un jour ou l'autre il ira en vacances, alors j'espère qu'avec notre bateau on y sera avant lui, ça lui fera les pieds à ce frimeur... moi, je voudrais partir en Russie pour faire plein de bonshommes de neige et habiter dans un igloo avec les Esquimaux... Moi, je voudrais partir au Brésil, j'aime bien les masques et le carnaval; en plus, j'voudrais dire bonjour à Pelé... Moi, je voudrais partir en Algérie, il paraît que c'est beau; c'est mes parents qui disent ça. Ça fait au moins dix ans qu'ils n'y sont pas allés. J'aimerais partir en cachette et leur envoyer une belle carte postale avec plein d'Arabes dessus.

– Et comment qu'y s'appelait, le chef?

– Euh... Attends, j'm'en souviens plus... J'crois que c'était Kader... Oui, c'est ça, Kader!

– Et y z'ont réussi à finir le bateau? Dis, y z'ont réussi? demande le môme en me tiraillant par la manche de ma chemise.

– Au bout de quelques jours, le bateau fut achevé, il n'y manquait plus rien. Le gouvernail avait été monté avec le volant d'une épave automobile qui traînait dans la cité depuis au moins... Oh oui! Facilement des mois. Les voiles avaient été confectionnées avec de vieux rideaux chapardés sur les balcons de tous les locataires qui habitaient au rez-de-chaussée des HLM avoisinant leur chantier naval. Une vieille montre traficotée servait de boussole. Quant à l'amiral Kader, il ne quittait plus son blouson de skaï qu'il avait galonné de morceaux de rubans adhésifs dorés, et s'était coiffé d'une magistrale casquette bleu marine frappée de l'emblème du bateau.

– Y z'ont été vite alors! s'étonne Petit Rouget.

– Il faut que je te dise que les ouvriers du chantier non seulement fermaient les yeux sur le matériel que la bande des huit leur chipait, mais laissaient en plus traîner volontairement leurs outils dans les endroits bien visibles.

– Et le bateau, comment ils l'ont appelé?

Je réfléchis un instant, faut que j'improvise vite.

– Euh... Il s'appelait... « Le grand bateau du grand voyage ».

– Et y sont allés visiter le Mexique, le Brésil, la Chine, et les autres pays? m'interroge-t-il sceptique.

– Eh bien Hakim, c'est là que les choses se gâtent. Les pauvres gamins avaient dans leur enthousiasme complètement oublié que Lyon, c'était loin de la mer, très loin... Leurs amis du chantier ne pouvaient hélas plus rien pour ces petits navigateurs sans mer. « Pourquoi, c'est loin la mer? disait l'un. – Alors on a travaillé pendant toutes les vacances pour rien? disait l'autre. – C'est bête, j'dirai jamais bonjour à Pelé, pleurnichait encore un autre. – Et moi, c'est pas encore demain que j'irai en Algérie », concluait Kader. Tous se mirent à broyer du noir.

– J't'avais bien dit qu'elle était pas rigolote ton histoire!... J'en étais sûr!

– Attends, Petit Rouget, elle est pas encore terminée...

– Pas Petit Rouget! J'm' appelle pas Petit Rouget, hurle-t-il, rouge de colère. Tu sais les oreilles ça s'lave, c'est comme le...

– Tu vas être poli, espèce de p'tit trou du cul, sinon...

– Sinon quoi?

– Sinon, j'finis pas l'histoire.

– J'en ai rien à secouer de ton histoire. Elle est même pas marrante; en plus elle est complètement nulle. J't'ai déjà dit qu'y fallait pas m'prendre pour un bébé.

Le gosse se passe la main dans ses boucles rousses et poursuit :

« Pis d'abord, c'est pas possible que y savent même pas que la mer c'est loin d'où y z'habitent... Et tu crois que j'vais croire que les ouvriers du chantier y vont leur laisser voler du matériel et qu'y vont leur prêter leurs outils? Des coups de pied au cul, oui, y vont leur donner! Tu dois pas les connaître les ouvriers, c'est tous des radins! Demande un peu à mon père de te prêter un marteau ou un tournevis, tu vas voir si y va t'les prêter... Des clous t'auras, oui!

Petit Rouget Hakim a terminé tout en sueur son réquisitoire sur les niaiseries de mon histoire. En colère il est superbe, c'est sûr; il ressemble tout à fait à l'image que je me suis faite des anges!... Quand j'aurai un fils, je l'appellerai Hakim. Je l'aimerai d'autant plus fort s'il se met à piquer des crises chaque fois que je l'abrutirai de mes idioties. Ouais! un fiston qui s'appelle Hakim, ça doit être bien.

« Pourquoi tu dis plus rien, copain... T'es pas vexé?

– Si, un peu quand même.

– Allez, boude pas... Un grand ça boude pas... Regarde, moi, dit-il en pointant son index sur son ventre, est-ce que je boude, moi?

– Mais j'boude pas, Hakim... Un peu triste, c'est tout...

– J'peux te d'mander quelque chose dans le creux de l'oreille?

– Si t'essaie de m'jouer un coup de vice, tu vas voir tes miches!

– Mais non, faut pas avoir peur.

– T'amuse pas à m'brailler dans les oreilles, j'ai horreur de ça.

– J't'ai dit faut pas avoir peur, parole d'homme...

Il m'enlace par le cou et, approchant sa petite tête rousse, il susurre :

« Et comment qu'elle est finite ton histoire? S'il te plaît, dis-moi...

– Tu te fous de moi ou quoi! Tu m'prends pour un cave, ma parole!... Allez casse-toi... Va voir ta mère.

– S'il te plaît, mon copain!

Gueule d'ange a gagné, et moi je n'ai plus qu'à continuer à déblatérer mes conneries.

Petit Rouget est heureux. Il sait maintenant que l'amiral Kader et son équipage ont pu prendre la mer, et qu'à l'heure qu'il est « Le grand bateau du grand voyage » doit être au large du Mexique, de la Chine ou de Tahiti.

« Attention, sursaute le gamin, y a mon père qu'arrive.

Je n'ai qu'à tourner la tête pour voir le papa qui s'en vient avec le frère aîné qu'il tient d'une main.

« Omar, tu diras pas que j't'ai embêté, sinon y va encore m'dérouler à coups de savate.

– T'inquiète pas p'tit, y te touchera pas, tu peux me faire confiance...

– Il est là! Il est là!

C'est son frangin qui aboie en voyant son petit frère. Papa, qui à son tour aperçoit la rousse chevelure, accélère les cinq derniers pas qu'il lui reste à faire pour nous rejoindre.

– Bonjour m'sieur.

– Bonjour jeune, dit-il d'une voix autoritaire.

Hakim se lève, réajuste son K-Way et se décrotte les cheminées en enfonçant bien son index jusqu'à en atteindre la substance moelleuse, visqueuse et gélatineuse qu'il extrait avec un doigté qui ferait pâlir de jalousie les blouses blanches qui donnent dans la recherche de mouchoirs en cellulose ouatée.

« Espèce de salopard! Tu peux pas prendre ton mouchoir? gronde papa.

– J'l' ai perdu, bégaie Hakim en esquivant une baffe qui n'est jamais partie.

Petit Rouget connaît bien les réflexes inconditionnés de son géniteur.

– Celui-là; il bat tous les records... Il est dur... Pourtant j'lui donne le compte : le martinet, la ceinture, mais rien. Il a la tête, c'est du béton.

Le frère aîné ricane.

« Il t'a pas emmerdé, j'espère, faut m'le dire, te gêne pas surtout!

– Non, non, il a été très cool avec moi. J'lui ai raconté une histoire et...

– C'est quoi l'cool? s'interroge-t-il étonné.

– Ça veut dire, il a été tranquille.

– J'la connaissais pas celle-là... En tout cas, t'as eu d'la chance, jeune.

Petit Rouget continue le décrochage de ses tableaux.

– Papa, papa! Hakim y met encore les doigts dans son nez!

Le père pivote d'un demi-tour et pan! la baffe est partie, impossible d'esquiver, les cinq doigts de papa sont inscrits couleur sang sur la joue de mon petit copain. Hakim se passe la main sur le visage. Il grimace, mais ne pleure pas, quelle redjla [1].

La loubia [2] de frangin en sourit.

– Tiens le mouchoir, salopard!

– Fallait pas le frapper pour un mouchoir. Il vous a dit qu'il en avait plus, vous n'aviez qu'à lui donner le vôtre tout de suite, ça aurait évité de..., dis-je pour me justifier devant mon pote Hakim.

– C'est pas toi qui vas m'dire comment je dois élever mes gosses, merde!... Un étranger qui va me dire comment je dois faire, c'est la meilleure! rugit-il en crachant une chique de chema.

Papa est un grand pédagogue à ce que je vois. Il a dû suivre les mêmes cours que mon vieux... Question éducation de leurs lardons, ils sont tous branchés sur la même longueur d'ondes. On frappe d'abord, on explique après...

Petit Rouget prend le mouchoir, crache dedans et de rage le balance par-dessus bord.

– Papa, papa, Hakim il a jeté ton mouchoir dans la mer, braille la loubia.

– Pourquoi t'as fait ça?... T'es maboul!

Il saisit les boucles rousses et tire dessus comme un forcené.

1. Fierté masculine algérienne.
2. Fayot.

« Mais quand tu seras sage!? Quand!?

Le môme grimace.

– Aïe, aïe! Ça fait mal, hurle-t-il.

Papa a lâché prise.

– Mais quand tu seras sage? Mais quand? Qu'est-ce que j'ai fait à Allah pour qu'il me donne un diable pareil? Tu sais, jeune, en Algérie, même une journée il a pas pu rester tranquille. J'ai cru qu'il allait nous rendre fous. J'sais pas ce qu'il a dans le ventre, fulmine-t-il en roulant les « r » puissance deux.

– C'est pourtant drôle; avec moi il a été cool, enfin sage. Racontez-lui des histoires, c'est pas c'qui manque chez nous les Arabes!

– Si tu crois qu'j'ai qu'ça à faire, raconter des blagues... Même, de toute façon, que tu le prennes par la gentillesse ou les coups, avec lui c'est kif-kif! Jamais il écoute. Toutes les conneries qu'existent sur la terre, il les connaît... Il a le vice dans la peau...

– Asseyez-vous un instant, monsieur. Le temps de vous calmer.

Je fais semblant de chercher dans mes poches un imaginaire paquet de cigarettes.

« J'trouve plus mes clopes, merde! Où ils sont?

– Attends, jeune...

Il fouille dans la poche de sa chemisette et sort un paquet d'Algéria. Je prends le clope qu'il fait jaillir en donnant une pichenette sur le paquet blanc et bleu.

– Merci, monsieur; c'est bête : j'avais un paquet tout neuf...

– C'est rien jeune...

Apparemment papa à l'air d'apprécier que je lui donne

du monsieur à tout bout de champ; moi, ça ne me gêne pas. Les deux gamins se sont à leur tour assis, l'un près de l'autre. Hakim frotte toujours sa joue meurtrie. Le tatouage laissé par l'empreinte de la main paternelle commence à s'effacer.

« Tu sais, je suis dur comme ça avec le gamin parce qu'il me rend maboul (et, penchant vers moi sa grosse tête aux cheveux grisonnants :) mais en vrai, je l'aime.

Petit Rouget a entendu; un léger sourire se dessine sur ses lèvres.

Nous discutons de tout et de rien. Nous pataugeons, nous nous embourbons dans des lieux communs d'une déconcertante banalité. Nous n'avons rien à nous dire.

– A part ça, vous savez pas à quelle heure va ouvrir le kiosque où on vend des cigarettes détaxées?

– Normalement, à sept heures.

Un coup d'œil sur le cadran de sa montre à quartz. C'est fou ce que les Algériens aiment à lire l'heure sur des montres à cristaux liquides!

« C'est-à-dire dans quinze minutes, un quart d'heure si tu préfères, précise-t-il en roulant les « r » puissance trois. Oh oui! facilement puissance trois!

« Allez les enfants, c'est pas le tout de bavarder mais y a votre mère qui nous attend... A tout à l'heure peut-être.

– Inch Allah!

Petit Rouget et Loubia s'en vont en prenant papa par la main. Hakim se retourne, me fait signe de la main et me lance :

– J'vais revenir tout à l'heure.

★

Dans un quart d'heure, le kiosque à mégots détaxés va ouvrir, et j'ai pas une thune en poche, si ce n'est ces maudits pétro-dinars. Ce serait bien si je pouvais me procurer au moins dix sacs pour faire plaisir à mes petits poumons, parce que cancer pour cancer, si j'ai le choix, je préfère de loin s'en faut me le choper avec des Marlboro plutôt qu'avec des Hoggar aux filtres qui se décollent au bout de deux taffes et qui filtrent mes genoux, ou avec des Algéria au « goût français » qui me donnent des nausées.

Qui répondra à mon SOS nicotine?... Qui?

Je sais que mon camarade grutier a réussi à mettre à gauche une belle liasse de billets de cent francs. Toutefois, je le vois mal se défaire d'un billet pour ma petite gueule. A boire, tant que je veux, mais il ne se mouillera pas davantage, car, sous ses airs d'alcoolo bien sous tous rapports, je le sens capable dans un sursaut de lucidité de me souffler dans les narines une de ces tirades bien moralistes – « l'argent c'est dur à gagner et surtout à planquer au poste de douane » – ou peut-être – et c'est pire – daignera-t-il m'abandonner le reste de son paquet de Hoggar. Je ne supporte plus la morale. Je n'ai pas envie de lui inspirer la pitié.

Je biffe Chérif de ma liste.

Féfer aussi a du blé. Je l'ai vu, mine de rien, dissimuler un napoléon dans la poche revolver de son jean. Mais j'ai le désagréable sentiment que, s'il consent à me donner quelque chose, je vais devoir me le respirer pendant tout le reste du voyage. Il ne me lâchera plus les babouches. Je serai à la merci du moindre de ses caprices. « Eh! garde-moi ma guitare... eh! surveille mon blouson... eh! va me chercher ci; eh! tu peux me faire ça?... »

Très peu pour moi. Je ne veux sous aucun prétexte servir de boy à un autre ANI. J'ai ma petite fierté. Je préfère m'en tenir à des rapports fraternels dans l'égalité. Je biffe le guitariste de ma liste...

Nelly, elle, doit avoir de l'oseille. C'est pas le genre d'aventurière à s'embarquer sans biscottes, mais, il y a un os. Elle demeure à Tatouine-sur-Loire-Atlantique et j'aurai beau jurer sur la tête de mes pieds qu'une fois rentré à La Garenne-Colombes, je lui expédierai un mandat télégraphique, elle n'en croira pas un mot, et elle aura raison...

Et si, dans un élan de générosité, elle m'accordait un prêt de cent balles remboursable à la Saint-Jamais, je n'aurais plus qu'à faire une croix si d'aventure il me venait à l'idée de me lancer dans une drague-partie nocturne. Sûr qu'à ses yeux je serais dévalué, j'aurais brûlé mes cartes, hypothéqué mes chances. Je ne serais qu'un outsider coté à cent contre un; que dis-je, un outsider?... un tocard... Certes, mon optimiste frisant un peu trop souvent l'inconscience m'autorise à penser que ce n'est pas un handicap particulièrement insurmontable... Mais enfin... Je ne me sens que très peu d'affinité avec la race chevaline... Si ce n'est le sourire, et encore, les avis sont partagés...

Je biffe la blondinette de ma liste...

Quant à sa copine Francine, n'y songeons pas...

Il y a bien l'Hadj. Il a l'air bon ce brave homme... Oh! la la! j'avais totalement oublié que tout à l'heure j'ai déserté l'appel à la prière.

Je biffe l'Hadj de ma liste...

Abou Batomic et son chat noir qui gambadait sous mon fauteuil me doivent bien cela. Ils m'ont gâché une soirée qui s'annonçait prometteuse avec la belle Safia...

Mais, d'après ce que j'ai pu entrevoir, je reste sceptique : une chaussette trouée et le col de sa chemise noir comme doit l'être son chat... Non, vraiment, je n'imagine pas qu'il y ait quelque chose à gratter de ce côté-là et puis, si vous le voyiez, sans aucun doute vous penseriez comme moi que la misère comparée à ce pauvre bougre, c'est la richesse.

Je biffe l'atomiste algérien de ma liste...

Le papa de Petit Rouget... Non, je n'oserai jamais!... Il a deux lardons à charge, plus la mère, enfin je n'ai vu que cela... Peut-être ne sont-ils que la face cachée de l'iceberg... Peut-être sont-ils une armée de Petits Rougets qui attendent avec impatience que papa et maman rentrent de leur périple en Algérie... J'ai pas envie de taxer un père de famille et pas envie d'avoir mauvaise conscience.

Je biffe le papa des Petits Rougets...

Eh bien voilà, j'ai fait le tour des relations que je me suis faites à bord de ce bateau et je ne vois toujours rien venir...

Oh bien sûr, je pourrais me faire imposteur. Je sais le faire... Je l'ai déjà fait... Ce n'est pas difficile... Je pourrais très bien aborder le couple de black-panards, faire vibrer leurs cordes sensibles... Avec les Vergeli ça marche à tous les coups. J'obtiens ce que je veux sur-le-champ, dès que je leur parle de leur Algérie...

Je vous vois d'ici papilloter des paupières, grimacer, faire la moue. Je vous entends penser que ce n'est pas beau d'abuser de la nostalgie d'autrui... Mais que voulez-vous, c'est ça ou je suce mon pouce jusqu'à Marseille... Eh oui, je peux sans scrupule jouer de l'hypocrisie... Attention... Attention... Mon hypocrisie à moi ne peut être que momentanée et circonstanciée. Donc rien à voir avec la définition qu'en ont donnée certains encyclopédistes. Car, selon le Petit Robert, l'hypocrisie serait le vice qui consiste à déguiser son véritable caractère, à feindre des opinions, des sentiments et particulièrement des vertus qu'on n'a pas.

Le Petit Robert cite pour exemple : « L'hypocrisie est un hommage que le vice rend à la vertu » (La Rochefoucauld).

Ainsi définit l'hypocrisie le Petit Robert.

Selon le Grand Larousse de la langue française : « L'hypocrisie ne serait que mimiques, imitations de la manière de parler et des gestes de quelqu'un. »

Le Grand Larousse cite pour exemple : « Le premier sentiment de Lamiel à la vue d'une vertu était de la croire hypocrite. »

Ainsi définit l'hypocrisie le Grand Larousse de la langue française.

Selon le Logos de Bordas, ce serait l'attitude de celui qui cherche à paraître aux yeux d'autrui tout différent de ce qu'il est en réalité en affectant des pensées, des sentiments qu'il n'éprouve pas.

Le Logos de Bordas cite pour exemple : « L'hypocrisie

de la société condamne officiellement les vices qu'elle encourage. »

Ainsi définit l'hypocrisie le Logos de Bordas.

Dans le Grand Omar illustré, point de tous ces boniments. L'hypocrisie serait le jeu qui consiste à séduire femmes et hommes, toutes tendances confondues, afin d'en tirer de substantiels bénéfices. Le Grand Omar illustré cite pour exemple : « Il aimait à faire illusion auprès de son entourage, mais, à force d'abuser, il ne savait plus s'il jouait ou s'il s'en amusait » (Omar de La Garenne-Colombes).

Voyant passer un couple de black-panards qui voyageait à bord d'un grand bateau blanc, Omar, poussé par une frénétique envie de fumer, leur tint à peu près ce langage :

« Eh! bonjour, alors comment c'était l'Algérie?

Si votre humilité se rapporte à votre nostalgie,

vous devez être chez nous accueillis avec émoi. »

A ces mots, le couple ne se sent plus de joie. Il ouvre un large portefeuille et laisse tomber un Delacroix.

Ainsi pratique l'hypocrisie Omar de La Garenne-Colombes.

– Je sais pas comment vous remercier mes amis.

– C'est rien, je vous assure que cela nous fait plaisir. Ça part du fond du cœur, répond Mme Black-Panards.

★

Ce qui devait arriver arriva. Les immenses feuilles de choux qui font fonction de haut-parleurs annoncèrent que le magasin où l'on pouvait se procurer des produits amputés de la taxe à la valeur ajoutée venait de lever son store. Quatre à quatre, je dévalai les marches de l'escalier métallique qui menait au kiosque... Une queue, une queue! Au moins trente lascars devant moi!

– Laisse béton!

Je reconnais la voix de mon compatriote ANI, oui pas de doute, c'est bien sa gueule.

– Pourquoi?

– Parce que dans un quart d'heure, vingt minutes, ils auront fini d'acheter leurs mégots, on pourra revenir, tu verras, y'aura plus personne, dit-il en grand habitué des croisières.

– OK des brumes!

– Quoi?

– Laisse béton, trop intello pour ta p'tite tête!

Nous longeons la file... Ils sont venus, ils sont tous là, y'a même Petit Rouget, le fils maudit...

« Eh Féfer! moi j'commence à m'les cailler. J'vais chercher mon pull, t'as qu'à venir avec moi, comme ça t'en profiteras pour bouffer des makroutes que ma tante m'a refourgués avant de partir.

– OK pis de flic... Elle est bonne celle-là... hein Omar?

– T'as raison, elle est trop marrante, encore une comme ça et j'meurs!

Et pour bien lui montrer ce que son humour peut avoir de fâcheuses répercussions sur mon état de santé, je me plie en deux et pousse un grand cri.

– Arrête, fais pas le con, tout le monde nous mate!

Je me déplie.

– Balboro, un cartouche... Whisky, un boteille...

– Pas les dinars, on prend pas les dinars! braille le vendeur.

Tous essaient en vain de se débarrasser de leurs pétro-dinars, mais niet! Les ordres sont les ordres. Des devises! Y'a pas à discuter. Mais si t'as pas de devises cela veut dire : « T'as qu'à fumer tes doigts, boire la flotte du robicot et te parfumer à l'eau de mer... »

Ah! royaume des alcoolos, des tubards et des emparfumés, quand tu nous tiens!

– Allez, Omar, traîne pas les savates, magne-toi!

Nous slalomons et enjambons les femmes et les enfants qui se sont assoupis sur le plancher de la salle dite « classe économique ». Le téléviseur noir et blanc diffuse un vieux western que personne ne regarde.

Abou Batomic dort pieds et poings fermés, la visière de sa casquette de marin breton couvre ses yeux. Il ronfle. J'ouvre mon sac que j'avais planqué sous mon fauteuil... Bonjour l'odeur!... Un gaz nauséabond s'échappe de mon bagage. Putain que ça sent mauvais!

– Ça pue là-dedans, ferme! ferme! tu vas nous asphyxier! hurle le guitariste.

– Gueule pas comme ça, tu vas réveiller le mec qui dort à côté.

Je sors ma petite laine et retire le paquet en plastique qui renferme les friandises de la frangine de ma vieille.

– Jamais t'as lavé tes fringues ma parole!

– Oh! la la! tu vas pas m'afficher dans tout l'bateau parce que j'ai pas fait laver mes fringues depuis trois semaines!... C'est pas ma faute s'ils ont jamais voulu laver mes affaires dans tous les hôtels où j'ai débarqué!

– Pourquoi tu les as pas données à laver à ta tante, gros malin?

– Ma tante elle a pas de machine à laver... Allez fermela et bouffe les makroutes.

– Ah! parce que tu t'imagines que j'vais bouffer tes gâteaux qui puent la sueur et les chaussettes crasseuses... Ma parole tu m'prends pour un nécessiteux!

– Mais y puent pas, ils étaient dans un sac en plastique, ça isole.

– Et ta sœur, elle isole! j'te dis la puanteur, elle rentre quand même!

– Crie pas comme ça... On va réveiller... (je pointe du doigt Abou Batomic).

– Oui ben tes gâteaux tu peux t'les garder... T'as qu'à les bouffer toi-même, murmure-t-il.

– J'en ai becté un, tout à l'heure, ils sont bons mais j'suis pas trop branché sur les gâteaux du bled.

– Arrête ton cinoche... Dis plutôt qu'y puent tellement que t'as peur de refouler du goulot après, ricane-t-il.

Abou Batomic relève la visière de sa casquette. Il n'a pas l'air de réaliser qu'il vient de se réveiller, son regard ovin le trahit.

« J'ai une idée! Pourquoi tu lui refiles pas à ton voisin, il a une tronche à bouffer des makroutes, raille Féfer.

– Ouais, pas conne ton idée.

Abou réajuste sa visière, se passe la main sur le visage et se gratte l'oreille gauche.

« Ça va Abou, t'as bien dormi? dis-je d'un air câlin.

– Ah oui! j'a bien dormi... c'tait formidable cosin, répondit-il en ôtant les crottes qui avaient élu domicile à la commissure de ses paupières. Ah oui! j'a bien dormi!

– Au fait Abou, j'ai pas trouvé ton chat noir, mais en revanche, si ça peut te consoler, j'ai des makroutes.

J'entends Féfer pouffer derrière mon dos. Je lui donne un coup de coude.

– Eh ben! fait-il en écarquillant ses mirettes.

Il faut dire à sa décharge que le rapport entre le chat noir et les makroutes n'était pas des plus évidents.

– Tu les veux? Je te les donne!

Je lui tends le sachet en plastique d'où dégouline le miel des friandises.

– T'es gentil, toi alors! Ah oui! t'es gentil ma parole... Merci cosin!

– Y'a pas de quoi, c'est normal, si on s'aide pas entre nous, c'est pas les étrangers qui vont nous aider...

Il plonge la main dans le sac et en extrait une pâtisserie qu'il déguste en fin palais qu'il est sûrement.

– Elles sont bounes cosin, dit-il en se léchant le pouce.

– Dis, Abou, j'vais acheter des cigarettes, tu peux surveiller mon sac, s'il te plaît?

– L'est ouvert l'boutique?

– Oui!

– Tu peux ramener un cartoche Gauloises filtre?...

Il sort un billet de cent francs qu'il avait caché dans une de ses chaussettes.

« C'est l'dernier cosin! dit-il piteusement.

– Bon à tout de suite, Abou.

– C'est ça cosin, j'garde ton sac, t'as pas à t'quiéter.

Féfer, derrière mes talons, me glisse :

– Alors t'es content? t'as fais un heureux avec tes gâteaux pourris.

– C'est drôle, tronche de cake.

★

Féfer avait raison; la longue queue qui s'était formée dans la précipitation un quart d'heure plus tôt s'est complètement dissipée... Enfin presque, il ne reste que mes amis black-panards qui sont là bien sages à attendre que l'on daigne bien vouloir leur servir leur dose de nicotine ou d'alcool.

– C'est à vous monsieur-dame.

Madame :

– Vas-y parle!

Monsieur :

– Euh... Une cartouche de Gitanes filtre et une bouteille de whisky.

– Voilà les cigarettes, monsieur... Quelle marque de whisky?

Monsieur réfléchit.

Madame :

– Mais vas-y parle.

Monsieur :

– Vous avez du William Lawson?

– Non!

Monsieur :

– Black and White, vous avez?

– Non!

Monsieur :

– Et J. and B.?

– Non!

Monsieur :

– Mais que vous reste-t-il alors?

– Ricard.

Madame :

– N'insiste pas Roger, il lui manque une case!

Monsieur :

– Donnez-moi une bouteille de Ricard.

Le vendeur griffonne sur un petit carnet.

– Voilà, ça fait... (il vérifie) ça fait... francs.

– Balèze en math, dis-je à Féfer.

Le vendeur n'a pas d'humour... Il me fusille du regard.

Madame :

– Mais paie, Roger.

Monsieur :

– Mais c'est toi qu'as l'argent, Paulette.

Madame :

– Ah oui! t'as raison.

Les black-panards se sont acquittés de leur dette et s'en vont d'un pas hésitant vers je ne sais quel nouveau destin...

– Et les jeunes qu'est-ce que vous voulez?

– Marlboro!

– Marlboro aussi!

– Deux cartouches de Marlboro... Voilà les jeunes... Ça fait... francs.

Féfer sort son napoléon, moi mon Delacroix.

« Vous n'avez pas de monnaie! rugit le vendeur.

– Pas de monnaie.

– Je prends tout sur les cinq cents francs alors!

– Ça va pas! on n'est pas mariés! beugle Féfer. Tu prends une cartouche sur les cinq cents francs et l'autre sur cent francs...

– Vous êtes compliqués les jeunes!

Le vendeur trifouille dans son tiroir-caisse qui n'a jamais dû voir l'ombre d'un dinar et nous rend la monnaie en comptant à haute et intelligible voix.

« Voilà pour les cinq cents francs et voilà pour les cent francs... Vous voulez rien d'autre?... J'ai du Ricard, ça vous intéresse?

– On boit pas d'alcool, on est musulmans, dis-je histoire de couper court à toutes nouvelles propositions alcoolisées. J'ai horreur des vendeurs qui font leur métier.

« Bon, on y va, Féfer!

– Ouais, on s'casse... Au fait, n'oublie pas d'acheter les clopes du bouffeur de makroutes.

– T'as raison, j'avais oublié... S'il vous plaît, donnez-moi une cartouche de Gauloises filtre.

Je paie les clopes d'Abou Batomic. Féfer m'annonce qu'il part jeter un coup d'œil sur sa guitare et son bagage qu'il a confiés à sa voisine de fauteuil.

« D'accord, on s'retrouve plus tard.

Gauloises d'une main, Marlboro de l'autre, je m'en retourne refiler les cigarettes à Abou. Un petit crochet bien involontaire par le bar, parce que l'escalier central qui mène à la salle dite « classe économique » est encombré par trois hommes en uniforme, préposés à l'entretien et qui s'affairent à semer de la sciure de bois sur les marches devenues glissantes après l'apparition des premiers éjaculats estomacaux. Nelly, Francine et Lunettes d'écaille débattent à grands coups d'Heineken. Chérif tient toujours le comptoir. Le commissaire de bord trinque avec un homme en bleu de chauffe, certainement un mécano. Le barman, la bedaine écrasée sur son tiroir-caisse, se lisse sa grosse moustache de Kabyle.

– Tu bois un coup, Omar?

– Pas le temps, Chérif, y faut que je ramène les cigarettes à un pote qui attend depuis...

– Cinq minutes... t'as bien cinq minutes quand même!

Je ne me fais pas trop prier parce que, à dire vrai, j'ai soif...

– Bon, cinq minutes, pas plus.

Le loufiat décolle péniblement son bide de sa caisse enregistreuse.

« Une bière bien fraîche, s'il vous plaît, Chef!

– Une autre, lance le grutier désabusé.

– Ben qu'est-ce que t'as camarade, t'as l'air tout triste.

– Non, non, c'est rien. Faut pas faire attention, soupire-t-il mélancolique.

– Mais si, t'es tout triste... qu'est-ce que t'as... t'es malade?

– C'est rien mon fils. J'ai un peu le cafard. J'étais en train de penser à mes enfants, à ma femme, à Tizi... le bled. Tu te rends compte, maintenant il faut que j'attende une année avant de les revoir... Tu trouves pas qu'elle est dure la vie pour nous?

– Si bien sûr, mais qu'est-ce que tu veux que je te dise, soupirai-je à mon tour.

– Tu sais Omar, j'ai trois filles et un garçon... Le plus jeune c'est le garçon, il a dix ans, c'est déjà un beau jeune homme... Il travaille bien en classe, il veut piloter les avions... Il va réussir, il est très intelligent... Pauvre petit bonhomme, on peut dire qu'il a grandi sans son père celui-là...

– Faut pas dire des choses pareilles Chérif, ça fait mal...

– Ça fait mal mais c'est comme ça. (Il hoche la tête.) Pauvre gosse, il a dix ans... Je l'ai vu dix mois... Un mois par an...

– Mais Chérif, il est pas seul, il a ses sœurs, sa mère, coupai-je.

– C'est vrai, il a ses sœurs, sa mère, mais ça remplace pas un papa... Oh! mais je m'inquiète pas, dit-il comme pour se rassurer... Elles sont là pour s'occuper de lui, je leur donne des ordres à chaque fois que j'y vais. Tu sais, faut qu'il réussisse dans la vie... Faut surtout pas qu'il ressemble à son père... Pas qui fasse le même métier que son père...

– Mais pourquoi tu dis ça Chérif?

– Pourquoi, j'dis ça. (Il avale une longue gorgée de bière.) Ça se voit que tu connais pas les chantiers. Tu sais c'est pas une vie... Tu passes tout l'hiver dehors... Le vent, la pluie, la neige, la boue, le froid... Des fois j'ai les doigts gelés, j'arrive même plus à allumer une cigarette... Non, j'veux pas que mon fils connaisse ça... En plus tu passes ta vie à bouffer les repas de la veille dans des gamelles... Non, Omar, c'est pas une vie. Mais tout ça c'est rien... Le plus dur c'est quand je rentre le soir dans ma chambre, je suis seul, y a pas de cris d'enfants, y a pas ma femme... C'est ça qui fait mal. (Soudain, son regard s'illumine :) Tu sais ça doit être bien de rentrer du travail et d'avoir ses enfants près de soi... Moi j'aimerais bien leur corriger leurs devoirs... (Il sourit :) Je dis ça, mais je sais même pas lire... Eh oui! c'est dur l'exil... Tu sais mon fils quand je me sens plus seul que d'habitude, j'ai les larmes qui me coulent toutes seules... Mais qu'est-ce que tu veux y faire... C'est la vie...

– Pourquoi tu rentres pas au bled? Tu serais mieux là-bas, peut-être que ce serait plus simple...

– Tu crois que c'est facile... Je gagne bien ma vie en France... Tu sais grutier ça paie bien! Et pis j'ai l'habitude en France, ça fait longtemps que je suis là. Et qu'est-ce que je ferais en Algérie à mon âge? Y z'ont besoin de jeunes, pas de vieux machins tout usés comme moi, c'est normal. Mais dans dix ans, si je suis toujours en vie, Inch Allah, je touche ma retraite et direction Tizi. Y'en a marre de traîner en France! c'est plus de mon âge... (Et, dans un dernier soupir :) Tu trouves pas qu'elle est dure la vie des fois...

– Allez, pense plus à ça camarade, de toute façon t'y peux rien, faut qu't'attende la retraite, et puis je vais te dire une bonne chose...

– Oui, c'est quoi? dit-il étonné.

– Euh!... eh ben, j'te paie un canon!

La proposition que je viens de lui faire le sort de sa léthargie immigro-nostalgique. Il accroche un léger sourire à sa face boursouflée par l'absorption trop souvent répétée de ce liquide brunâtre et houblonneux.

– C'est bien! lance-t-il, tu parles comme un homme maintenant.

– Arrête de te foutre de ma gueule! Dis-moi plutôt ce que tu prends parce que moi je reprends une bière.

– Ben moi aussi, je reste à la bière.

Le contraire m'eût étonné!

– Chef, deux bières s'il te plaît!

Le serveur s'exécute, heureux que je lui serve du « chef » à tout propos.

« Bon Chérif, c'est pas tout mais faut que j'aille voir mon pote, sinon y va pleurer pour ses cigarettes.

– D'accord... A tout à l'heure... On a qu'à manger ensemble si tu veux.

– Ouais, j'veux bien!

J'avale vite fait le reste de la canette. Je paie le barman. Un petit clin d'œil au passage à Nelly et je taille le couloir qui mène au fumeur de Gauloises filtre.

★

– J'croye que tu m'avais oublié cosin! J'te joure...

– Tu penses... Pourquoi tu veux que j't'oublie! j'suis réglo.

– Merci qua même cosin... T'es gentil... Ça fit plus d'un mois qu'j'a pas fumé un Gauloise!

Il déchiquette l'emballage de la cartouche. Il ouvre un paquet et renifle un clope qu'il porte ensuite à la bouche. A mon tour, j'ôte le papier cellophane qui protège le paquet. Abou Batomic m'offre du feu. Putain qu'ça fait du bien une Marl... J'en avais oublié le goût.

« C'est bon cosin!

– Ouais, c'est bon... Ça fait du bien... C'est mieux qu'un pétard...

– Qu'est-ce tu dis?

– C'est rien... T'inquiète pas... Je parle tout seul... Au fait, dis-moi Abou, les makroutes, tu les as tous mangés?

– Ti veux que j'tombe malade, ma paroule!... Ti veux que j'te les rends cosin?

– Non, non, j'te les ai donnés... Donner c'est donner, reprendre c'est voler.

– Ah bon! Marci alors. T'es gentil... Ti sais les gâteaux j'les a mis dans mon balise. J'les donnera à ma dame quand j'sera à ma maison, se justifie-t-il comme s'il avait à le faire.

– Y z'étaient bons au moins? insistai-je.

– Ah oui! y sont bounes, mais j'a trouvé qu'y z'ont un p'tit goût à la fin.

– Ah! faut pas dire du mal des gâteaux de ma tante...

– Scouze-moi cosin, j'voulais pas t'vixer, fait-il gêné.

– Bon ça va pour cette fois Abou Batomic, mais...

– Ti sais, c'est Ahmed Ben Khaddour que j'm'appile, Abou Batomic c'est pas mon vrai nom.

– Ben tu vois, j'm'en doutais quand même un peu.
– Ah bon! fait-il surpris.

« Mesdames, messieurs les voyageurs, nous vous informons que le restaurant est ouvert, merci », crachote une voix qui vient de s'échapper d'un haut-parleur que je n'arrive pas à localiser. Juste avant, nous avions eu droit au même appel, version arabe classique, mais comme nous ne sommes pas tous adeptes de l'arabe « moyen-oriental », un sous-titrage s'avérait absolument nécessaire.
– Qu'est-ce y z'ont dit, cosin?
– Y z'ont dit faut aller bouffer!
– Dans l'rastaurant di bateau, il a ouvert alors?
– Ouais, il est ouvert.
– Si j'vas manger avec toi, ça t'gêne pas?
– Mais non ça m'gêne pas.

En fait de restaurant, c'est de self qu'il s'agit. Les voyageurs, hommes, femmes, enfants, font la queue. C'est pratiquement le seul endroit du bateau où la mixité bat son plein. Normal, me direz-vous, il faut bien qu'elles mangent, ces braves femmes qui n'ont pas quitté cabines ou fauteuils depuis le départ.

Ce self ressemble à tous les selfs : des plateaux marron et rectangulaires, des verres signés Duralex comme dans toutes les cantines, les couverts sont en inox comme à la maison, les serviettes, en papier comme au Café des Sportifs à La Garenne-Colombes. Voyez, pas de quoi tomber des nues... Tout de suite, je me rends compte que le chef cuisto a dû donner le meilleur de lui-même pour nous satisfaire. Nous vouloir autant de bien, moi je ne vous cache pas que ça me gêne.

Entrée : pamplemousse ou œuf mayonnaise; j'attrape la soucoupe contenant la mayonnaise à l'œuf. Je pousse mon plateau. Plat de résistance, alors là j'hésite : poulet-petits pois ou petits pois-poulet. Entre les deux mon cœur balance... « Dépêche-toi! » hurle une voix derrière moi... Allez, va pour le poulet-petits pois. Je pousse mon plateau. Fromage : camembert ou... camembert; ce sera camembert. Je pousse mon plateau. Dessert : orange ou pomme. Là, je craque. Je prends les deux car j'ai un besoin urgent de vitamines. Je pousse mon plateau. Boisson : malgré l'abondance de gros rouge, de bière et de jus de fruits en tout genre, je prends un quart de flotte. Le responsable de la caisse pianote sur sa machine. La somme que je dois apparaît sur le cadran de la caisse enregistreuse. Je paie cash ma nourriture... Je ne veux pas bouffer à crédit.

Presque toutes les tables sont déjà assiégées. Un rapide coup d'œil dans la salle :

– Oh oh! je suis là!

J'aperçois Chérif debout qui me fait des signes de la main. Abou Batomic reste planté comme une statue derrière le caissier.

– Alors, tu bouges mon vieux!? Viens, suis-moi...

– J'arrive cosin!

Suivi de mon acolyte, je m'attable avec le camarade grutier.

– J'te présente Abou Batomic.

Chérif fronce ses épais sourcils.

« Enfin c'est pas son vrai nom... Son vrai nom, c'est Ahmed Ben... Ben... Ben quoi au fait?

– Ben Khaddour, j'm'appile Ahmed Ben Khaddour.

Afin d'éviter l'enlisement plus que certain des présentations, je prends les devants. En trois phrases, vingt-sept mots, ils savent tout l'un de l'autre... Enfin presque.

Lunettes d'écaille colle encore aux semelles des deux aventurières. Ils vont s'installer à la table située à ma gauche.

– Prenons place ici, invite Lunettes d'écaille.

– Pardon messieurs, il n'y a personne à cette table? demande poliment Francine.

– Ça s'voit pas qu'y a personne! ricane le grutier.

Féfer à son tour passe à la caisse et s'acquitte du prix de sa pitance.

– Oh! Féfer on est là!

Un hochement de tête pour me faire comprendre que mon interpellation est parvenue jusqu'à ses oreilles, et le voilà attablé à son tour.

– C'est poulet-petits pois ou petits pois-poulet que t'as pris, Omar?

– M'enfin, tu vois pas?... T'es bigleux, tu veux des jumelles... Tu reconnais pas le poulet-petits pois!

Abou et Chérif n'entendent rien à notre « subtil » jeu de mots...

– Qu'est-ce que vous dites les gars? questionne le grutier.

– C'est rien Chérif... Fais pas gaffe... Mange, dis-je en lui tapotant sur l'épaule.

Un type de type occidental, sale comme dix Abou Batomic, habillé façon clochard new-wave, son duvet sur le dos, erre, son plateau à la main, à la recherche d'un coin de table.

– Chouf! çui-là, il a l'air digourdi comme un manche à balai, dit Abou en se marrant.

Le commissaire de bord, ayant vu que le clochard new-wave pataugeait les deux pieds dans la même Pataugas, arrive à son secours et le place à côté de Nelly, c'est-à-dire en face de Lunettes d'écaille. Nous mangeons dans un silence quasi religieux. Seul le bruit des couverts qui claquent sur les tables nous rappelle que nous soupons.

Le chef cuisto a quitté ses fourneaux et vient prendre un bain de foule, sans doute soucieux de tester sa popularité. Le commissaire de bord lui aussi veut savoir si tout se passe bien.

– Alors, ça va les hommes... C'est bon?

– Bien sûr, c'est bonne, sinon on mangera pas, répond Abou, la bouche encore pleine de l'aile du poulet.

Enchanté d'une telle réponse, le commissaire se tourne vers nos voisins :

– Alors messieurs-dames, c'est bon:... Ça va...? Tout se passe bien?

– Non, c'est dégueulasse, d'ailleurs tout ce que vous faites est dégueulasse, marmonne le clochard new-wave.

– Pardon, il y a quelque chose qui ne va pas?

Le clodo pousse son assiette de côté et, la tête entre les mains, il fond en larmes.

– Monsieur, expliquez-vous, qu'est-ce qui ne va pas? s'inquiète le commissaire.

– J'en ai marre... J'en ai marre des Arabes et surtout de vous, les Algériens... J'en ai marre! (Puis, reniflant la morve qui venait de fuir ses naseaux, il prend à partie l'homme aux épaulettes galonnées :) J'étais venu chez vous pour découvrir un pays que je ne connais pas. Mais sous le fallacieux prétexte qu'il faut un visa d'entrée parce que je suis belge, vous m'avez refoulé. C'est ignoble... Dégueulasse... Je vous hais!

Il reprend sa tête entre ses deux mains et se remet à pleurer à chaudes larmes.

– Qu'est-ce qu'y raconte, Omar? demande Chérif.

– Y dit qu'ils l'ont viré d'Algérie parce qu'il avait pas de visa... Paraît que pour les Belges, faut un visa.

– Il est bête ce garçon, il avait qu'à se renseigner avant de partir... Moi quand j'vais...

– Ben moi, quand j'vas à la Bilgique, faut qu'j'a mon visa, sinon y m'y laisse pas passer à la douane, coupe Abou.

– Ben alors! S'il faut un visa pour les Algériens quand ils vont en Belgique, c'est normal qu'on demande un visa aux Belges quand y viennent en Algérie. Merde! L'Algérie, c'est pas la gare Saint-Lazare. Il est idiot ce Belge, ma parole!

– Bien sûr que c'est normal, accentue Féfer.

Le pleureur de Belgique a sorti de sa poche une serpillière avec laquelle il s'essuie les yeux puis poursuit sa jérémiade sous le regard ému des deux aventurières.

– De l'Algérie, je n'ai vu que ce que j'ai pu voir du port, c'est-à-dire rien... Et en plus, il ne me reste plus un sou... Je vous hais... Mes vacances, c'est vous qui les avez gâchées... renifle-t-il en montrant du doigt le commissaire de bord.

Lunettes d'écaille qui, jusque-là, s'était réfugié dans un profond mutisme, réajuste ses binocles et sort de sa réserve :

– Il y a, dans ce que vous avez dit, quelque chose qui

me choque profondément et même plusieurs choses, si vous voulez savoir le fond de ma pensée...

– J'en ai rien à foutre du fond de ta pensée, coupe le Belge.

– Eh bien! vous la connaîtrez quand même... Tout d'abord, vous venez de tenir des propos racistes à l'égard de l'Algérie, des Algériens et du monde arabe dans son ensemble. Je vous somme de nous faire des excuses!

– Jamais! Un Belge ne s'excuse devant personne et surtout pas devant des Arabes!

– C'est normal qu'y s'excusent pas les Belges, lance Féfer, parce que les Belges ça n'existe pas!... T'as déjà vu des fantômes qui s'excusent?...

Le Belge ne relève pas. Lunettes d'écaille trouve la repartie amusante et, d'un salut administratif, il opine du crâne.

– D'autre part, vous avez affirmé que du port d'Alger, où je suppose vous attendiez le prochain bateau, vous n'avez rien vu de l'Algérie... Alors là, je vous arrête. Vous n'aviez qu'à ouvrir les yeux car du port, vous aviez une vue imprenable sur Alger...

– J'm'en fous, pleurniche le Belge.

– Eh oui, monsieur! vous auriez pu voir l'Amirauté, la façade de l'Assemblée nationale, enfin, toutes les splendeurs qui font qu'Alger sera toujours Alger... Et puis... Et puis, vous auriez même pu admirer sur les hauteurs d'Alger le mémorial du Martyr avec ses trois immenses palmes qui symbolisent nos trois révolutions.

Lunettes d'écaille termine à bout de souffle son speech.

– Tu trouves pas qu'il en fait un chouilla bézef l'intello? me demande Féfer.

– T'as raison, il commence à devenir lourdingue.

Les deux aventurières, Chérif et Abou Batomic restent béats d'admiration devant la facilité d'élocution de notre intello *made in* Algeria. Le pleureur de Belgique a cessé de pleurer et, tout rougeaud de rage, il repart de plus belle.

– Ah parlons-en de vos révolutions et de vos palmes... Ça m'fait bien rire... Ah oui!... Ça m'fait bien rire! (Il a intérêt à le dire, parce qu'au premier abord ça se voit pas vraiment, ça doit être à l'intérieur.) Vous avez palmé vos révolutions, c'est peut-être parce que vous avez peur qu'elles ne coulent à pic dans les eaux profondes de votre médiocrité!

Le commissaire de bord roule des yeux, de toute évidence il ne prise pas ce genre d'humour. Mais que peut-il faire? Il ne peut tout de même pas le prier de prendre la porte et de quitter le ferry sur-le-champ... Que peut-il faire?... Lunettes d'écaille est cloué net. Il bredouille quelques mots :

– Nous... peu... peu... peuple... révo... lulu... tio... nainaire... so... sommes... le pha... phare... du... du... tiers... mon... monde...

Voyez, pas de quoi rendre la vue à un sourd, et puis, il bégaie trop pour être crédible. Abou Batomic n'a apparemment rien compris à cette histoire de révolution palmée... Il grignote le trognon de sa pomme. Le grutier non plus n'entend rien à ces palabres aquatico-révolutionnaires... Sa seule préoccupation est d'essayer de chiper le reste de la canette de bière de son voisin Abou...

Moi, mon sang ne fait qu'un tour. Le nationalisme que je croyais avoir à tout jamais perdu sur le chemin de l'oubli surgit tel un diable de sa boîte... C'en est trop! L'Algérie et ses révolutions traînées dans la boue par un Belge... C'est pire que la fin du monde...

– Eh! le Belge! hurlai-je en me levant, tu vas la fermer ta grande gueule! Parce que quand t'auras des révolutions, tu pourras parler!... Même une révolution, c'était trop dur pour vous!... Vous avez été incapables d'en décrocher une!... Vous avez un roi comme au Moyen Age!... Nous, on a trois révolutions, et même quatre si on compte celle de Chérif! concluai-je mon discours politico-improvisé.

Le Belge craque une fois de plus et se remet à fondre en larmes. Nelly le console du mieux qu'elle peut. Elle lui passe la main sur ses cheveux gras-mouillés, mais rien n'y fait, il reste inconsolable. Je bombe le torse. Je sens que je viens de faire l'unanimité. L'Algérie est sauve. Chérif, Abou et Féfer me congratulent. J'ai gagné une canette de bière que m'offre le commissaire de bord. J'ai gagné l'orange-dessert que m'offre Chérif. J'ai gagné la part de camembert que m'offre Abou. Féfer le goinfre a déjà tout bouffé... Il m'offre une Marlboro...

« Mais fallait pas les amis. J'ai pas fait ça pour que vous me refiliez vos desserts... C'était comme un devoir, dis-je mi-sincère, mi hypocrite.

– A nous, ça nous fait plaisir qu'un jeune nous défende comme ça! dit Chérif en me tapotant l'épaule de ses grosses pognes de grutier.

– Ah oui! Ça fait l'plaisir d'icouti un p'tite garçon qui parle bienne! rajoute Abou.

– Ah ouais, t'étais valable mec, surenchérit celui qui avait fini son dessert avant que je termine mon speech politico-improvisé.

Malgré tout le dévouement que lui porte Nelly, le Belge

quitte la table en laissant derrière lui un poulet-petits pois encore intact.

– T'as été vache avec lui, Omar, dit Nelly.

– Mais enfin de quoi tu t'occupes!?... C'est pas tes affaires... La France n'a pas été mise en cause que je sache!... C'était un règlement de compte ANI-algéro-belge!

– Quand même, il était seul, et vous êtes tous tombés dessus... C'est pas bien de profiter de la faiblesse des gens désemparés, dit Francine, grande moraliste qu'elle est.

– D'abord, espèces de tordues, c'est lui qu'a commencé. C'est vrai merde! On lui avait rien fait et y nous a insultés... En plus, tu mens, on est pas tous tombés dessus... Y a que Lunettes d'écaille et moi!

– Mais dis donc, on a pas gardé les chèvres ensemble pour que tu nous traites de tordues!... Va passer tes nerfs ailleurs si t'es excité!... Crétin! aboie la moraliste.

– Pardon, jeune homme... Je crains d'avoir mal entendu... Peux-tu répéter ce que tu viens de dire?

– Comment ça, ce que je viens de dire, fis-je surpris.

– Oui, t'as dis quelque chose, et je crains d'avoir mal entendu...

– Ben, j'ai dit : « D'abord, espèces de tordues, c'est lui qu'a commencé... »

– Et après...?

– « On est pas tous tombés dessus, y a que Lunettes d'é... »

Merde!

– Si j'ai bien compris, et cette fois, je suis sûr d'avoir compris... C'est moi que t'appelles Lunettes d'écaille...

– Oh! la la! Tu vas pas te mettre à chialer toi aussi parce qu'Omar t'appelle lait caillé, ricane Féfer.

– T'es dégueulasse Féfer, je l'ai jamais appelé lait caillé... J'l'appelle Lunettes d'écaille parc 'que j'sais pas son blase... C'est tout...

– C'est du propre, non content de m'avoir trouvé un sobriquet plus que désobligeant, vous osez ironiser sous mon nez, dit-il en levant les bras au ciel – enfin, au plafond... Ça se voit que vous ne savez pas à qui vous avez affaire! Rien qu'à l'évocation de mon nom vous devriez vous mettre au garde-à-vous, si vous étiez de véritables Algériens, mais vous n'êtes que des ANI, et les deux vieux qui sont attablés avec vous ne sont que des fossiles de l'immigration, conclut-il, l'air rempli de mystère.

– Et c'est comment ton blase? demande le guitariste.

– Je suis le neveu du colonel Ben Cheikh! dit-il en frappant rageusement du poing sur la table.

Comme il l'avait pressenti, personne à l'évocation du nom de ce militaire ne se met au garde-à-vous.

– Tu sais qui c'est le colonel Ben Cheikh, demandai-je à Féfer.

– Jamais entendu parler...

– Et toi Chérif, tu connais le colonel Ben Cheikh?

– Non mon petit, je le connais pas.

Par politesse, je demande à Abou s'il ne le connaît pas, mais ça m'étonnerait beaucoup...

– Ça te dit quelque chose Ben Cheikh...?

– Oui, j'la connais!

– Tu connais le colonel Ben Cheikh?

– Ah cosin, t'as pas dit le colonel Ben Cheikh, mais à Vénissieux j'connais un Ben Cheikh, y travaille à l'ousine de plastique... Y fait chauffard... Demande-lui si l'a pas d'son famille?

– T'es fou, y va croire que j'me fous de sa gueule...

– Si, si, demande-lui, on sait jamais, insiste Féfer.

Et moi, bon con, je les écoute.

– Eh! monsieur le neveu du colonel Ben Cheikh...

– Quoi!?

– Y a mon copain qui demande si t'as pas de la famille à Vénissieux, parce qu'il connaît un Ben Cheikh qui travaille comme chauffeur dans une usine de plastique?

– Sachez, bande d'exilés, qu'aucun Ben Cheikh appartenant à notre famille n'a jamais émigré... Nous avons versé notre sang pour que l'Algérie puisse vivre libre et indépendante, alors comprenez que notre avenir c'est au pays que nous le construisons... Nous avons une conscience, nous! Mais vous, oui vous... C'est à vous les ANI que je m'adresse... Rira bien qui rira le dernier, parce que tôt ou tard, il vous faudra choisir entre la France ou l'Algérie. Vous ne resterez pas toute votre vie d'éternels adolescents irresponsables, inconscients et immatures... Oui, il vous faudra faire un choix, la France ou l'Algérie, tel sera le dilemme que vous devrez affronter!... Quant aux deux fossiles, ils n'ont rien à espérer, leur cas est déjà réglé...

Il attrape la carafe d'eau, se verse un grand verre qu'il boit cul sec... Le patriotisme ça doit dessécher...

– On t'a pas demandé de nous donner des leçons de morale. On est assez grands pour ça!... On t'a simplement demandé si dans ta famille t'avais pas un chauffeur qui travaillait à l'usine de plastique de Vénissieux. C'est tout! Le reste tu pouvais t'le garder pour toi! beugle Féfer.

– C'est vrai merde! On t'a pas demandé de nous raconter la vie.

– Eh Ben Cheikh! Ça m'plaît pas du tout que tu parles comme ça, se fâche Chérif. Qu'est-ce que tu racontes, à t'entendre y a que ta famille qu'a fait la guerre... Regarde! (Il ôte sa veste pied-de-poule et retrousse la manche gauche de sa chemise.) Regarde! tu vois cette cicatrice à mon bras... Tu sais qui c'est qu'a fait ça?

Lunettes d'écaille baisse les yeux, comme gêné.

« C'est l'Armée française au camp du Larzac! Et tu veux que j't'en montre plus?

Comme personne n'ose l'interrompre, il continue son strip-tease, il déboutonne sa chemise et là... Un vrai champ de bataille, des cicatrices sur tout le torse...

« Ça tu sais c'est quoi, Ben Cheikh? hurle-t-il.

Lunettes d'écaille n'en mène pas large.

« T'as entendu parler de la manifestation du 17 octobre 1961?

– Oui... dit-il tout timide.

– J'me suis fait arrêter par la police... Ah! les salopards, y z'étaient beaucoup... Après y nous ont embarqués dans des cars au fort de Vincennes... Après y nous ont tabassés jusqu'au sang. Y en a qui sont morts, j'les ai vus... Alors tu penses bien qu'c'est pas toi, p'tit morveux, qui vas me donner des leçons... Merde!... Merde alors!... Et pendant ce temps-là, où t'étais crapaud à lunettes? Ça s'trouve, t'étais même pas né.

Je ne sais pas si Lunettes d'écaille était là pendant la guerre, mais en tout état de cause, je pense sincèrement qu'il ne doit sa naissance qu'au vagabondage non éclairé d'un spermatozoïde presbyte... Pauvre gars...

« Et pis écoutez la meilleure, y nous critique parce qu'on travaille en France, mais où il sera demain?

Chérif a terminé son réquisitoire et vide le reste de la canette de bière d'Abou...

– Faut pas s'nerver cosin, il est p'tite, y savait pas c'qui disait.

Abou essaie en vain d'apaiser les esprits.

– Mais c'est vrai, il a raison Chérif! Où y sera demain? C'est bien en France qu'il va traîner ses savates... Tu vas peut-être me dire que tu vas faire du tourisme... Vu que t'as pas de famille émigrée! » demandai-je à Lunettes d'écaille, histoire de l'emmerder. J'aime bien la tronche qu'il tire quand il se met en colère.

– Non, je ne vais pas faire du tourisme, je vais étudier l'histoire de l'art... Je passe ma maîtrise en fin d'année...

– Et où tu vas étudier?

– Ça t'regarde? T'es de la police!?

Ça y est, la colère l'a gagné.

– Tu peux quand même me dire dans quelle fac tu vas, je te dirai si elle est bien.

– Ah! tu connais les facs!... T'as pas l'genre pourtant, raille-t-il. Eh bien non, je ne vais pas en fac, je vais prendre quelques notes au musée du Grand Palais, au musée de l'Homme et au musée du Louvre entre autres... T'es satisfait petit flic!

– Et au musée Tati, à Barbès, tu vas pas prendre des notes? ricane Féfer.

– Vraiment, je vois que vous êtes totalement irrécupérables... Totalement... Non, rien à en tirer et je pèse mes mots », dit-il en affirmant bien la négation par un hochement de tête de gauche à droite et vice versa. « D'ailleurs, je ne vois pas pourquoi je perds mon temps avec vous... Tout compte fait, j'ai mieux à faire, je vous laisse, messieurs, nous fait-il sans cacher son mépris.

Lunettes d'écaille se lève, pose sa veste sur ses épaules...

– Non, reste!... Reste Lun... Ben Cheikh... On t'aime bien...

Lunettes d'écaille ne daigne même pas se retourner et va vivre sa vie plus loin.

Francine, excédée par le départ précipité de ses deux voisins de table, sort de ses gonds.

– Dites donc, vous n'avez rien d'autre à faire que d'emmerder le peuple? M'enfin, pour qui vous prenez-vous?

– On emmerde que ceux qui nous embrouillent la tête. La preuve, toi, jusqu'à tout de suite, tu nous avais lâché la grappe, eh ben on t'a pas embrouillée... Mais si tu nous cherches des poux dans la tête, t'inquiète pas, on va te donner le compte. (Féfer me regarde et donne un coup de coude :) Pas vrai Omar, que celui qui nous cherche y nous trouve?

Comme je n'ai pas envie de cautionner toutes les conneries du guitariste, je marmonne entre mes dents que « ouais ».

– Franchement, je vous pensais plus intelligents que ça... Surtout toi Omar... M'enfin je me suis trompée, soupire-t-elle.

Pas folle la guêpe, elle s'attend peut-être à ce que je lui rétorque qu'elle ne s'est pas trompée, que je suis effectivement intelligent, subtil et capable du meilleur. Mais comme c'est le moyen le plus sûr de passer pour l'idiot du *Tassili,* j'encaisse l'affront et je fais le dos rond... Faut savoir faire preuve d'humilité dans la vie...

Chérif a rebranché Abou Batomic sur la guerre d'Algérie. Il lui raconte les opérations-commandos qu'il menait dans le XVIIIe arrondissement contre les messalistes qui hésitaient à rejoindre les rangs du FLN. Abou ouvre de grands yeux. Ne soyez pas surpris, il s'étonne de tout et de rien, par moments, j'ai l'impression qu'il débarque de la planète Mars... « Ah biene... ah biene », c'est tout ce qu'il sait dire. Le grutier, heureux d'avoir su capter une oreille disponible, se fait plus précis dans le détail.

– Remarque Abou, y savaient plus où y z'en étaient les pauvres. L'Hadj, il était devenu complètement gaga. Y paraît même qu'à la fin, il savait plus si y s'battait pour l'indépendance de la France ou de l'Algérie... Alors, comment tu voulais qu'ils le prennent au sérieux les Français... Nous, au FLN, on savait ce qu'on voulait... C'était l'indépendance ou la mort... Ah oui! mon frère, nous c'était tout ou rien.

Chérif a les yeux qui pétillent quand il évoque ses heures de gloire. Pas besoin d'être devin pour s'apercevoir que c'est une période qui lui est chère.

« Maintenant, quand on rentre au pays, on nous appelle les fils de la France, comme si on n'était pas des Algériens à part entière. Mais enfin, y a Allah! C'est lui qui jugera », dit-il en allumant une cigarette et en avalant une gorgée de bière abandonnée par le Belge. « Et toi Abou », poursuit le grutier après avoir fait claquer le cul de la canette de bière sur la table comme pour dire " encore une de terminée ", « toi aussi t'as dû connaître des heures chaudes du côté de Lyon! Dis-leur aux jeunes comment c'était, y savent pas... Y z'étaient trop jeunes à l'époque... Au fait, t'étais où au début de la guerre?... Dans quel camp? Les messalistes ou nous?... Tu sais, tu peux le dire, ça appartient à l'histoire maintenant...

– Ouais, dis-nous où t'étais et combien t'en as flingué, des Gaulois? demande Féfer.

Abou sursaute, il plisse le front, sort de sa poche sa boîte à chiquer en s'en glisse une derrière la lèvre supérieure; c'est ce qui s'appelle chiquer au balcon...

« Allez Abou, te fais pas prier... Sois pas modeste, insiste le guitariste.

– Eh ben moi, j'tais pas qu'França, j'tais dans mon village à couté d'Oran... J'tais tout seul, j'l'avais pas de camp.

Chérif fronce les sourcils :

– Comment t'avais pas de camp? s'étonne le grutier. C'était la guerre et toi t'avais pas de camp. Tu t'moques de nous ma parole!

– Non, je s'moque pas de vous les cosins... J'l'habitais à El Mallah... L'avait la caserne d'l'armée des Français, alors ni le FLN, ni les autres u m'ont jamais d'mander de li aider. Ti comprends maint'nant.

– Ah! ma parole, j'comprends rien du tout à ton histoire. Le pays, il est en guerre et toi t'avais pas de camp. C'est la meilleure. Explique-toi, demande Chérif en cherchant une canette de bière sur la table... Pas de chance, elles sont toutes vides.

– Mais si, j'avais un camp, j't'ais même dans le camp des Français puisque j'travaillais dans leurs casernes.

– T'étais un harki alors! T'oses pas le dire! T'as honte! s'esclaffe Chérif.

Ce suprême affront, qui ferait bondir de colère même des ralliés de la dernière minute, laisse Abou d'une déconcertante placidité, ce qui a pour effet d'agacer encore plus notre grutier grand militant actif du FLN.

– J'vas vous dire un bonne chouse les cosins, moi j'tais

balayeur à la caserne d'El Mallah... Au fait, vous connaissez?

En chœur nous répondons par la négative.

« C'est dommage, c'est un bonne village... Qu'est-ce que j'a dit déjà?...

– T'as dit que t'étais balayeur à la caserne d'El Mallah, dis-je histoire de lui rafraîchir la mémoire.

– Ah oui... (Abou lève les yeux au plafond comme pour réfléchir très fort :) Bien oui, j'savais qu'c'est la guerre parqu'y avait l'armée des Français... Ma femme des fois, elle m'i dimandait qu'j'li ramène du travail, des bouttes, des pelles, des piouches, mais c'est tout.

Le visage de Chérif s'éclaire subitement, il a même retrouvé le sourire.

– Ça va, j'ai compris... Les bottes, les pelles, les pioches, je sais pour qui elles étaient... Oui, j'ai tout compris!

– Moi aussi, j'l'a su à la fin de la guerre. Mais j'vous jure les cosins que le FLN, jamais y m'a adressé la barole, jamais... Et pendant six ans, personne y m'a adressé la barole dans mon village... Y croyaient tous que j'travaille avec l'armée des Français, parce que le capitaine de la région l'était gentil avec moi, y m'disait toujours : « Bonjour monsieur Ahmed, vous avez pas de problèmes avec vos compatriotes? De toute façon vous inquiétez pas, on est là, on vous surveille, j'dirai même plus, on vous a à l'œil... » Mais à la fin, j'en a marre, on dirait qu'y s'moque de mon figure.

– Bien sûr qu'il se moquait de toi, ricane le grutier... Tu sais, entre nous, j'ai bien cru que tu étais de l'autre bord.

Abou fait mine de ne pas entendre... Ça l'agace... Il doit

être las de toutes ces querelles de minarets qui ne cessent de revenir sur le tapis à chaque discussion...

« Et ça fait longtemps que tu vis en France? poursuit l'inspecteur Chérif.

– Depuis 1964, répond le suspect. Y'en a plus de travail dans mon village, alors j'a fais comme les autres, j'ai venu qu'França...

– C'est bien où t'habites? demande Féfer qui visiblement n'en a rien à faire.

– C'est petit, y'a qu'un pièce mais c'est moi qu'a tout fait didans. Ouais, j'a tout fait, les tagères, la peintoure, et même la blomberie... Pace que j't'ai oubligé, j'm'a marié l'anni dernière, alors, fallait un belle maison, ti compris?

– Mais dis-moi, tout à l'heure tu nous as dit que t'étais marié au bled!... Pas vrai les jeunes?

Nous en chœur :

– Ouais, c'est vrai, il a dit qu'il avait une meuf au bled.

– J'a dit ça bien sour, mais ça l'empêche pas qu'j'a un autre femme en França, dit Abou en souriant.

– T'as vu, il a deux meufs, s'étonne Féfer.

– Deux femmes, eh ben mon alouf, tu te gênes pas, s'étonne à son tour Chérif. Et comment tu fais pour les entretenir, t'as pas une paye d'émir pourtant...

– C'est pas doure, j'l'envoye tous les mois un mandat pour mon femme d'El Mallah et avec le riste de mon paye et la paye de Féronique, eh ben les cosins, on s'en sort bienne... Y nous manque rien di tout!

– T'es marié avec une Madame française en plus! s'exclame Chérif.

– Oui, un Française protistante... Tu sais les protistantes, elles sont gentilles et pis elles sont douces... Ti peux pas savoir... Mais elles ont un gros défaut, elles connaissent pas bien faire la couisine... Sans ça, c'est parfit... Tiens, j'vas vous montrer un photo d'elle.

Il prend son portefeuille et tire une photo d'identité qu'il fait circuler.

Un sourire plus que moqueur apparaît sur les lèvres du grutier :

– Tiens Omar, regarde comment qu'elle est belle la femme d'Abou.

Je saisis la photo d'identité.

– Eh ben dis donc! elle a bonne mine... T'as pas été volé sur la marchandise... C'est les couleurs de la photo qui déconnent ou elle est vraiment rouge comme ça?

Je passe la photo à Féfer.

– Non elle est pas roge mon femme, j'vous a dit qu'alle est protistante!

– Oh! la la! mais dis Abou, où on peut en trouver des canons comme ça! parce que même dans les films, j'en ai jamais vu!

– J'l'a trouvée au bal des pompiers à Villeurbanne. J'lui a plu tout d'suite... J'l'a invitée à danser... J'l'a invitée à boire un coup et hop! c'est comme ça que j'l'a aimée... C'est pas doure l'amour!

Abou est très fier de sa conquête. Il reprend la photo de sa belle protestante et la glisse dans son portefeuille. Je sens que Chérif meurt d'envie de lui poser mille questions sur sa dulcinée... Et quel âge a-t-elle... Et c'est quoi son métier... Et pourquoi ci... Et pourquoi ça... Et sait-elle faire ceci... Et sait-elle faire cela... Et patati et patata...!

Que voulez-vous, quand le temps ne passe pas, on débilise... Ou on s'évade comme on peut... Moi, j'pense à Safia. Elle m'a envoûté. Je rêve d'elle les yeux ouverts. Peut-être pense-t-elle à moi elle aussi. Ce serait bien si elle pensait un peu à moi... Un petit peu c'est pas beaucoup mais c'est mieux que rien... Je suis stupide de penser à une fille que je ne reverrai sans doute jamais... J'essaie de me consoler en me disant qu'il n'y a que les montagnes qui ne se rencontrent jamais, je reste quand même sceptique... Et malgré les amis de fortune que je me suis faits sur ce rafiot, ce soir, je me sens plus seul que le Kilimandjaro... C'est con d'être amoureux quand il n'y a pas de débouché...

Le fumet de la tasse de café que vient de déposer sous mon nez Féfer me sort des brumes amoureuses dans lesquelles je m'étais, une fois de plus, plongé.

– Merci Féfer pour le kawa... Justement j'étais dans le zef...

– Pas de quoi mec!

L'atomiste et le grutier avancent à pas de géants dans leur discours. Ils en sont arrivés à la philosophie. Ils philosophent sur l'immigration!...

« Rien que dans mon quartier; y a au moins dix races! mais remarque, Abou, on fait jamais de bêtises. On travaille et on rentre direct à la maison. C'est très rare qu'on a des ennuis avec la police... Oui, j'dois dire que ça s'passe bien, et pourtant j'te jure, Abou, que dans ma rue c'est plein d'étrangers... Y a même que ça... Eh ben on est camarades et le dimanche on se retrouve tous au PMU pour le tiercé et on boit un coup... Oui, j't'assure, c'est bien dans ma ville... conclut Chérif.

– T'en as de la chance, pace que moi, ça s'passe pas bienne, pas bienne di tout! Y en a beaucoup des races aussi... Y'en a des Noirs, y'en a des Portugalais, des Chinois, y'en a des Arabes bien sour... C'est des Arabes qu'y en a le plus, des Tounsis, des Marocains, et nous les Angériens, eh ben tu sais pas c'qui s'passe dans mon quartier...

– Non, fait le grutier en hochant la tête.

– Eh ben y'en a la boulice toute la jirnée et même la nouit... On dirait qu'y s'ont que ça à faire, de s'couper de nous... Le maire, il a passé à la télé, il a dit : « C'est pour la sécurité des gens qui habitent dans le quartier » qu'il a mis la boulice... Mais Féronique elle a tout compris, elle m'a dit que les Français y z'ont peur pace que y en a trop des trangers, et surtout des Angériens... Tu sais elle est pas bite Féronique...

– Eh ben mon pote, t'habites un drôle de quartier. J'savais pas que c'était comme ça vers Lyon.

– Ah oui ! c'est une drôle de quartier... Moi j'croye qu'on est trop de trangers !... La France elle a ramassé trop de races... Et pis tu sais c'qu'elle dit toujours Féronique... Eh ben elle dit toujours : « Y a trop d'étrangers dans le monde. »

Chérif acquiesce et déclare qu'il est complètement d'accord avec elle et que cette femme doit être rudement intelligente.

Le café est glacé à présent... J'écoute sans vraiment entendre les deux professeurs ès immigration, d'ailleurs je comprends rien à ce qu'ils racontent...

– Dis Omar, tu trouves pas qu'y nous les brisent les deux branquignoles avec leurs embrouilles qu'on comprend que dalle... Le seul truc que j'ai pigé depuis tout à l'heure, c'est que la grosse d'Abou elle dit toujours qu'y a trop d'étrangers dans le monde... Et l'autre taré qui dit qu'elle a raison... Non mais tu vois pas la bande d'abrutis qu'c'est !

– Tu sais, j'écoutais pas mais j'espère que t'avais compris qu'y était pas sorti premier *ex aequo* de Polytechnique.

– C'est pas parce qu'y sont pas sortis de Polytechnique qu'y doivent sortir des conneries plus grosses qu'eux. C'est trop facile de les excuser à chaque fois.

– Moi en tout cas, mon vieux il est pas loin de ces deux-là... Et ça m'étonnerait que ton vieux soit d'un autre monde.

– Si justement mon vieux il est d'un autre monde... Il est mort quand j'avais huit ans, il est tombé d'un échafaudage, alors tu vois!

– Excuse-moi Féfer, je savais pas...

– Bien sûr que tu savais pas bourricot puisque je viens de te le dire... Et pis c'est pas la peine de t'excuser, c'est pas toi qui l'as poussé, me lance-t-il en me filant une tape sur l'épaule.

Je baisse les yeux... C'est fou ce qu'on a l'air bête dans ces moments-là...

Le brouhaha des couverts en inox, des assiettes que l'on entasse l'une sur l'autre et la dernière goutte de café qui dégouline sur mon menton que j'essuie d'un revers de manche me rappellent que le souper est bel et bien terminé. Abou prétexte que la salle est trop enfumée. Il se lève de table après avoir boxé un invisible nuage de fumée et nous prévient qu'il va prendre l'air sur le pont. Le grutier, qui était en quête depuis déjà pas mal de temps d'un fond de bouteille, s'en retourne au bar s'enfiler une nouvelle canette. Le commissaire de bord s'est installé à côté des deux aventurières et feuillette *El Moudjahid.* Francine déborde d'énergie, le zèle dont elle fait preuve nous laisse pantois d'admiration. Elle débarrasse la table avec une serviette en papier et ordonne gentiment mais fermement à sa copine d'aller rapporter leurs plateaux ainsi que ceux du Belge et du neveu du colonel Ben Cheikh.

– Pardon, monsieur le commissaire, vous pouvez enlever votre journal deux minutes, juste le temps de donner un petit coup de chiffon sur la table...

– C'est demandé si gentiment...

Le commissaire a plié son journal en deux. Je discerne difficilement les titres en caractère gras sur la page sportive... Football : « Blida termine par... en cinq minutes », « Le Mouloudia des Pétroliers d'Oran a réglé... » Une photo qui n'a de photo que le nom montre de vagues silhouettes de sportifs vautrés sur le sol. Je suppose que ce sont des footballeurs et que la masse noire où est allongée une ombre grisâtre doit être du gazon.

Le self-service commence à se vider de ses clients repus de poulet-petits pois. Petit Rouget Hakim s'est endormi dans les bras de sa maman. Le commissaire de bord s'est replongé dans la lecture d'*El Moudjahid,* « la révolution par le peuple et pour le peuple ». Tiens, soit ils ont fait des fautes d'étourderie, soit ils ont oublié que la révolution était devenue plurielle. Il va falloir que j'en réfère au responsable en chef de la rubrique « A l'écoute de l'opinion ». Je me plaindrai de la négligence du responsable des typographes. Il est inadmissible qu'une poignée d'imprimeurs ne soit pas à l'écoute du rythme des révolutions...

Dans le fond de la salle un vieux téléviseur captive mon attention, il diffuse un western inédit : *Il était une fois la révolution,* si je ne l'ai pas vu au moins dix fois!... Tout lasse, tout passe sauf le temps, sur ce bateau...

– Quelle heure t'as, s'il te plaît Nelly?

– Il est... il est dix heures moins le quart.
– Merci.

Dire que demain à cette heure-ci, je serai rendu à La Garenne-Colombes. C'est super. Mais il y a encore toute cette nuit à se taper et je n'ai pas sommeil... Mille images s'entrechoquent dans ma tête... Hamid le futur maquereau de Ghardaïa... Safia qui coiffe ses longs cheveux roux dans la loge de la réception... Touggourt et le restaurateur empoisonneur... Safia qui se marre en me voyant passer serviette autour du cou... Bejaïa et mon armée de cousins qui se moquaient de mon accent kabylo-parigot... Safia qui s'évertue à vouloir me raconter des histoires en arabe, alors qu'elle sait pertinemment que je n'y comprends rien... Alger, et la frangine de ma vieille qui m'offre des makroutes au miel... Safia qui glisse son numéro de téléphone dans la poche de ma saharienne... Safia... Encore Safia, toujours Safia! Merde! Je crois bien qu'elle m'a complètement ensorcelé. Impossible de la faire disparaître de la provision de souvenirs... Il faut à tout prix que je pense à autre chose, car je me sens capable de me jeter à l'eau et de rentrer jusqu'à Zéralda à la nage... Y paraît que l'amour ça donne des nageoires...

– Dis, Féfer, pourquoi tu vas pas chercher ta guitare? Ce serait bien d'écouter un peu de musique et en même temps tu pourrais m'faire écouter tes compositions... J'suis sûr que c'est bon pour la digestion.

– Tu sais mon pote, y commence à se faire tard, et en plus, je suis vraiment nase.

– Allez mec, te fais pas prier... J'ai envie d'entendre tes chansons, j'voudrais avoir une idée...

– OK si t'insistes, mais c'est bien pour te faire plaisir.

– Ah! t'es sympa... Pendant que tu vas chercher ta gratte j'débarrasse la table, comme ça dès que tu t'repointeras tout sera clean.

– OK, soupire-t-il en remontant le col de son blouson de cuir.

En deux temps, trois mouvements, plus rien sur la table. Le plateau de Chérif, celui d'Abou, celui du guitariste et le mien sont expédiés vitesse grand V au responsable de la plonge. Le musicien non plus n'a pas traîné, le voilà de retour, sa guitare en bandoulière façon Bob Dylan.

– J'espère que tu l'as accordée maintenant... Tu vas pas m'refaire le coup de tout à l'heure : « J'peux pas jouer, merde, elle est désaccordée », dis-je en l'imitant.

– Mais non, Omar. J'l'ai accordée en venant, de toute façon, si elle se dérègle, je joue comme ça, j'suis trop nase pour faire la fine oreille... Dites les filles, ça vous emmerde pas trop que je joue?

– Ça dépend... répond Francine, tu sais la musique moderne du style reggae, rock'n'roll c'est pas ma cup of tea. Mais par contre la musique latino-américaine, ça j'apprécie beaucoup... T'es-tu déjà essayé à cette musique? questionne-t-elle.

– J'connais un peu, comme ça... Sans plus.

– Tu connais des morceaux de Atahualpa Yupanqui?

– Qui c'est ce charlot-là?

– Ce charlot comme tu dis, c'est le plus talentueux des

guitaristes latino-américains. Si tu ne le connais pas, c'est grave pour quelqu'un qui prétend être musicien... Tu ferais bien d'affiner ton savoir culturel!

– Et toi, grande sauterelle, tu sais qui c'est Jimmy Cliff, Elton John, et Stevie Wonder!? interroge Féfer.

– Non, j'dois bien avouer que ces noms ne me sont pas familiers, murmure la sauterelle.

– Eh ben toi aussi, tu ferais bien d'affiner ton bordel culturel!... Et pis merde! J'sais pas pourquoi j'vous demande votre avis... J'vais jouer c'qui me plaît, si vous n'êtes pas contentes, le bateau est assez grand!

– Mais putain, vous n'allez pas encore vous engueuler merde! J'ai dit qu'on allait écouter de la musique pour digérer tranquille!

– Alors la jeunesse! Vous avez pas fini de crier comme ça. J'arrive même plus à lire mon journal! gronde le commissaire.

– Dites, monsieur... On va pas pouvoir jouer alors? demandai-je tout timide.

– Il y a une différence entre faire de la musique et brailler comme vous le faites!

– On peut jouer alors!

– Bien sûr.

– Vas-y Féfer... Il a dit que tu pouvais jouer!

– Bon j'y vais.

Après quelques secondes d'écoute, il me semble reconnaître du reggae ou si ça n'en est pas, ça s'en approche... Nelly rêvasse, la musique jamaïquaine la laisse indifférente, pas même le moindre soubresaut. Francine, agacée par le guitariste et sa musique d'outre-Atlantique revue et corrigée à la mode de Gennevilliers, préfère lever le camp. Je la soupçonne d'aller retrouver le neveu du colonel Ben Cheikh ou le Belge... Le neveu du colonel plutôt, je crois que c'est lui qui tenait le bon bout.

« Alors, ça t'botte mec?

– Ouais, c'est pas mal.

– Poussez-vous les jeunes! J'reviens avec vous! tonne Chérif.

– Y t'ont viré de la buvette?

– Pas du tout Omar, y reste plus que des jus de fruits et de la flotte, alors qu'est-ce que tu veux que j'foute au bar!

– Bon, tu te calmes, Chérif, lance le guitariste, déjà que j'fais exprès de pas mettre la gomme...

– Qu'est-ce qui raconte?

– Y dit qu'y faut pas parler, parce qu'il fait exprès de pas jouer fort...

– Tu veux que j'te rejoue une chanson de Renaud?

– Non, s'il te plaît, pas lui, il est trop flippant... Joue plutôt des trucs à toi...

– Ben moi, mon cousin qui travaille chez Citroën, y connaît beaucoup de chansons aussi, coupe le grutier.

– Ah! non, Chérif, tu vas pas recommencer! Tu as parlé tout le temps que tu as voulu avec Abou, alors maintenant c'est à notre tour. Sois gentil, s'il te plaît, tais-toi... Fais ça pour nous faire plaisir.

– Bon ça va, je parle plus! lance Chérif de mauvaise grâce.

– Allez Féfer, joue des chansons à toi.

– Euh... mes chansons, j'les connais pas toutes par cœur, en plus, ça fait longtemps que j'les ai pas répétées.

– Une... T'en connais bien une!

– Ouais, j'en connais une. J'l'ai écrite pour mon petit copain Larbi qui vit ce que vivent chaque jour des milliers d'ANI.

– Allez vas-y mon pote, on t'écoute.

– Une, deux, une, deux, trois, quatre!

Il a pas bronzé
Sous le ciel d'Alger
C'est pas un étranger
Bien que sur ses papiers
Y ait écrit « émigré »
Comme tous les autres paumés
Un jour qu'ont traversé
La Méditerranée.

Depuis qu'il est môme
Il habite la zone
Du côté de Nanterre
Dans une cité d'enfer
Mais il dit qu'il aime bien
Y a tous ses copains
Et pis la p'tite Sylvie
Une fille qu'il aime aussi.

Son collège l'a largué
Un matin de janvier
Y voulait être docteur
Maintenant il est voleur
Y a qu'Madame la rue
Qu'en a bien voulu.

Son vieux bosse à en crever
Sur un chantier, danger

Alors si tu veux l'faire marrer
Dis-lui d'aller trimer
Même pour trente-cinq heures
Il est pas preneur
Y a trop de risques à l'usine
Et pas assez de frangines

Ça fait déjà trois mois
Qu'il pourrit comme un rat
Dans cette putain d'pension
Où y a trop de matons
Quand il rêve d'évasion
C'est surtout d'cette prison
Quand y pense à Nanterre
C'est surtout à sa mère.

Féfer termine sa chanson, la voix encore chargée d'émotion...

– Ça, tu vois Omar, c'est une de mes chansons préférées... Dis-moi, elle t'a plu?

– Ouais beaucoup! Elle est belle ta chanson Féfer... Très belle même...

– Arrête, tu vas m'faire rougir!

– Si, c'est vraiment une belle chanson, elle me touche beaucoup. Sous tes airs bourrus et rustres, t'es un romantique... Un poète de banlieue en somme... renchérit Nelly.

Le guitariste a tiqué sur le mot « romantique ». Il fixe la blondinette Nelly droit dans les yeux, comme pour lui dire : « Pas romantique, tout ce que tu veux, mais pas romantique. » Je suis sûr qu'il pense comme moi, qu'être romantique quand on vit sa vie en banlieue parisienne, c'est synonyme de : « Moi, j'vois autre chose que le gris du ciel et encore il paraît que j'ai de la chance parce qu'il y a des années bissextiles... Moi, je vois autre chose que le gris des caves de HLM qui sentent la pisse, le sperme et le sang... Moi, je vois autre chose que le gris des dimanches qui ressemblent à des lundis tellement on se grise d'ennui... Moi, je vois autre chose que le gris du gourbi où je loge et qui ne pourrait même plus servir de porcherie, ou alors les bestiaux qui y vivraient auraient déjà monté un syndicat et auraient défilé un milliard de fois entre Bastille et Nation... Moi, je vois autre chose que le gris de la gueule avinée de mon voisin qui se refait la guerre d'Algérie tous les soirs en sortant ses poubelles... Moi, je vois autre chose que la grise mine de l'agent placier de l'ANPE et son éternel refrain : « Reviens dans un mois, il y a un supermarché qui va ouvrir; ils auront besoin de main-d'œuvre pour ranger les bouteilles dans les casiers. (Et il conclura, cynique :) Y a d'l'embauche en perspective. »

Et puis, il y a nos gueules bronzées d'ANI qui en ont déjà vu de toutes les couleurs, et même qu'à force on finit par se trouver très laid... Heureusement, il y a nos mères pour nous trouver encore très beaux... Mais ce sont nos mères...

– Pourquoi tu me regardes comme ça, Féfer? demande Nelly.

– J'te mate comme ça parce que tu viens de dire que j'étais un poète et l'autre mot que j'arrive même pas à prononcer tellement j'crois qu'il a pas été fait pour moi... Eh ben... Ça m'touche beaucoup et même plus, parce que j'me dis que finalement le gris c'est une couleur comme les autres... Y suffit de bien savoir tremper son pinceau dans le ciel...

– Tu sais Féfer, la poésie c'est pas la propriété exclusive des fils de notables et autres privilégiés.

– J'sais bien Nelly, mais t'avoueras que pour ces fils de crapaud c'est plus facile de donner dans la fleur qui sent bon au printemps et les oiseaux qui chantent dans les arbres quand ils savent que papa est là pour assurer en espèces le prix de leur vague à l'âme... Nous, que dalle, notre vague à l'âme, on est obligés de le laisser au vestiaire en attendant la fin du match de la vie... Tu comprends ce que je veux dire?

– Je comprends ce que tu veux dire, mais c'est pas la peine d'être pessimiste comme ça... C'est sûr que la vie c'est pas facile pour tout le monde, mais faut surmonter, se dépasser, transcender tout cela... Et toi t'en es la preuve...

– J'sais pas si j'en suis la preuve, mais j'peux te dire qu'à chaque fois que j'essaie de composer des textes qui soient autre chose que le béton, les HLM, les flics, eh ben... J'trouve ça nul, archi-nul, zéro pointé, parce que tout simplement... Bon, bref, passons à autre chose...

– Tout simplement quoi? insiste Nelly.

– Eh ben... Tout simplement... Les chansons d'amour par exemple, j'peux pas en écrire parc'que j'y connais que dalle, oualou!

– J'comprends pas Féfer! Explique-toi...

– Moi non plus, j'comprends pas, c'est pour ça que je l'explique pas... Allez laisse béton, tiens Nelly, je vais te jouer un blues...

La blondinete sourit pour le remercier. Féfer entame un morceau de musique moitié blues, moitié je ne sais quoi.

Ses doigts sur le manche de la guitare glissent avec une déconcertante dextérité. Sûr qu'il serait le plus malheureux des hommes, Féfer, s'il devait un jour se retrouver dans l'arrière-boutique d'un restaurant à récurer des casseroles ou dans une usine à serrer des boulons.

Le commissaire de bord a plié son journal en quatre et l'a posé sur le coin de la table. Il écoute mi-songeur, mi-rêveur...

– Tu joues bien petit. C'est toi qui as composé tout ça?

– Pas tout, m'sieur, pas tout...

– Vous aimez la musique, commissaire? demande Nelly.

– Quand j'étais jeune, je jouais beaucoup de guitare... Quand j'étais en stage en URSS, le soir dans ma chambre, pour tuer le temps, je jouais des airs que l'on chantait dans mon village...

– Vous voulez que je vous prête la gratte?... Ça vous rappellera le bon temps, propose Féfer.

– Ça fait longtemps que je n'ai pas joué, et puis vous allez peut-être trouver ça rébarbatif... Ringard comme vous dites... Ça a rien à voir avec vos musiques... C'est pas du tout connu...

– Ça fait rien que ce soit pas connu, ça nous fera découvrir... Pas vrai Omar?

– Ben ouais, c'est bien de découvrir, de toute façon, ça peut pas nous faire de mal!

– Alors passe ta guitare, jeune, on va voir ce que ça donne...

Il a de beaux restes le commissaire-musicien; tempes grisonnantes, légèrement dégarnies, moustaches grisonnantes, bien fournies, et surtout beaucoup de prestance, en un mot de l'allure quoi! La classe!

Et pour ce qui est de la guitare, il n'a vraiment pas perdu la main; Chérif apprécie beaucoup, il se met de la partie et assure les percussions en martelant la table avec son briquet. Nelly a le bas du dos qui la démange, elle se trémousse sur sa chaise, moi, moins une et je monte sur la table pour danser.

– Voilà de la bonne musique de chez nous, s'émerveille Chérif, après que la dernière note de musique a cessé de résonner.

– Dites, monsieur le commissaire, vous connaissez la chanson kabyle qui s'appelle *A Vava Inouva?* interroge Nelly.

– Bien sûr, ma fille!

– Ça vous ennuierait pas de la jouer?

– Je veux bien, mais après j'arrête... (Il regarde sa montre à quartz qui, sous la pression de son index sur un petit bouton, s'allume.) Oh! la la! Il se fait tard... Déjà 23 heures 20...

Le commissaire enquille vite fait bien fait sur la chanson kabyle. Je l'ai déjà entendue au moins un milliard de fois. Chérif assure toujours le rythme à l'aide de son briquet...

– C'était beau, dit Nelly, façon comme une autre de le remercier.

– En tout cas, vous touchez encore vot' bille commissaire, rajoute Féfer.

Le commissaire de bord nous a gratifiés d'une chaleureuse poignée de main et nous a quittés; laissant sur la table son journal.

– Qu'est-ce qu'on fait maintenant Féfer?

– J'vais aller me coucher Omar, j'suis archi-nase. J'crois que c'est c'que j'ai de mieux à faire... Tu ferais bien d'en faire autant si t'as pas envie de remonter à Paname sur les genoux.

– Oh moi, j'suis pas encore fatigué.

– Tu fais comme tu veux, ça t'regarde... Allez, salut Chérif, à demain... Salut Nelly à demain. (Et dans un dernier bâillement :) Faites de beaux rêves... Salut Omar.

Le self-service est quasiment désert. Seuls deux hommes attablés à l'autre bout de la salle ont encore des choses à se dire... Le grutier se frotte le nez, ses yeux sont devenus rouges : la fatigue et surtout l'alcool. Il laisse glisser une main apathique jusqu'au journal que le commissaire a abandonné. Il le feuillette rapidement et s'arrête à la page des sports.

– Elle a encore gagné la JET, me dit-il en souriant, à la Jeunesse électronique de Tizi-Ouzou on est les meilleurs!

Il replie le canard et le repose à l'endroit où le commissaire l'avait oublié. Les deux hommes qui débattaient à l'autre bout de la salle n'ont plus rien à se dire et s'en vont. Chérif tire de sa poche son paquet de Gitanes.

« T'en veux une Omar?

– Trop fortes pour moi... J'ai des Marl, merci.

Nelly sort à son tour de son baluchon un paquet d'Amsterdamer et essaie de s'en rouler une.

– Tu vas pas t'rouler un clope à onze heures et demie du soir?... C'est inhumain... Tu veux pas une Marl à la place?

– T'as raison, c'est pas humain... J't'en prends une...

– Qu'est-ce que vous faites maintenant, vous allez vous coucher?

– Moi, j'vais prendre l'air cinq minutes, après j'pars me coucher, demain y a la route à se taper... Presque toute la France à traverser, dit Chérif.

– Et toi Nelly?

– Moi aussi Omar, j'vais aller sur le pont prendre l'air, après, je ne sais pas...

– Eh ben alors, tous sur le pont!

★

Il fait nuit noire. Le ciel est criblé d'étoiles toutes plus scintillantes les unes que les autres. Le *Tassili* guidé par son immense radar avance doucement dans ce gouffre marin qu'est la Méditerranée. J'aperçois dans la pénombre le couple de black-panards. Ils se parlent à voix basse, et peut-être se rappellent-ils « les épisodes du chemin hanté par les fantômes du souvenir ».

Chérif est parti de son côté s'emplir la cage thoracique d'air iodé. Le Belge, épuisé par toutes ses mésaventures, est enroulé dans son sac de couchage et s'est enfoncé dans un profond sommeil... Un peu plus loin, Francine et le neveu du colonel sont écrasés sur le bastingage et font silence. Il fait bon... Juste ce qu'il faut...

– On s'assoit ici Nelly... Y a personne...

– Oui ici, dit-elle en se frottant les bras.

Nous voilà assis en tailleur face à ce grand trou noir étoilé.

« Que d'étoiles... Que d'étoiles... Tu connais les étoiles Omar?... Tu saurais reconnaître la Grande Ourse? me demande Nelly.

– Un peu... Enfin à vrai dire, j'suis pas trop branché sur les étoiles... Jamais vraiment appris... Et puis la nuit, en principe j'ai autre chose à faire que d'aller sur mon balcon regarder les étoiles... En fait, la seule planète que je sois capable de reconnaître du premier coup d'œil c'est le soleil.

– Pas de doute, tu es doué pour le dépistage des astres! Mais il y a d'autres planètes que l'on peut observer facilement... La Grande Ourse, c'est fantastique à observer... l'étoile Polaire c'est fabuleux...

– T'as déjà observé la Grande Ourse et l'étoile Polaire? Tu dois être balèze en astrologie!

– C'est pas de l'astrologie, c'est de l'astronomie!

– C'est pas la même chose?

– L'astrologie, c'est l'art qui consiste à déterminer le caractère des gens à partir de la position des planètes à leur naissance. C'est l'horoscope si tu veux. Mais l'astronomie, c'est l'observation des astres...

– C'est compliqué ton histoire... Et tu y crois toi à l'horoscope?

– Non, je trouve ça un peu cul-cul.

– Moi non plus, j'y crois pas... A chaque fois que je lis mon horoscope dans un canard... c'est jamais vrai. C'est peut-être que j'aurais pas dû naître dans mon signe...

– C'est quoi ton signe?

– J'suis poissons... Mais c'est bizarre, j'ai jamais pu gerber la flotte...

La blondinette joue de la paupière et se passe la main dans les cheveux.

« J'me souviens quand j'étais môme, on habitait dans le quartier pauvre de La Garenne-Colombes, la zone des autres y z'appelaient ça... Y avait que des Espagnols et des Portugais. D'ailleurs, j'me demande encore comment mon vieux avait pu nous faire atterrir dans ce quartier...

Ne va pas croire que j'aime pas les Espagnols ou les Portugais, mais en général on se mélange pas...

– Par incompatibilité d'humeur ou par intolérance réciproque? questionne Nelly.

– J'sais pas... C'est comme ça. T'as qu'à voir comment c'est foutu dans les villes où il y a beaucoup d'étrangers. Y a un quartier pour les Gaulois... En principe ce sont eux qu'ont les meilleurs endroits... Tu m'diras que c'est un peu normal, y sont chez eux...

Elle acquiesce...

« Y a un quartier pour les Espagnols et les Portugais... Et un quartier pour les Noirs et les Arabes... Enfin, toujours est-il qu'au lieu de se retrouver dans le camp des Noirs et des Arabes, nous on était noyés entre les Espagnols et les Portugais...

– Et c'est parce que t'étais noyé entre les Espagnols et les Portugais que t'aimes pas l'eau? coupe-t-elle tout sourire.

– C'est drôle... Mais c'est pas pour ça... C'est parce qu'y avait pas d'eau chaude... Mon vieux disait toujours qu'il allait faire venir un cousin qui s'y connaissait en plomberie pour nous installer un chauffe-eau, mais plus personne n'y croyait à la baraque et on a eu raison... Total de l'histoire, j'ai dû me laver la gueule et tout le reste à l'eau glacée jusqu'à quinze piges... T'imagines l'enfer! Heureusement qu'la mairie nous a relogés dans une nouvelle cité, où y avait des robinets chromés qui pissaient de l'eau chaude à ne plus savoir qu'en faire...

– Et alors?

– Et alors... J'aime pas la flotte parc'que c'est un mauvais souvenir, c'est tout...

– Ça t'a passé quand même?

– Ben... Ça m'a passé un peu avec l'âge mais c'est pas moi qui ferais des vagues pour prendre un bain!... J'suis un peu comme les chats... J'crains l'eau...

– Ça s'trouve t'es chat!

– Comment ça, chat?

– Dans l'astrologie chinoise, les signes astrologiques sont symbolisés par des animaux... T'es né en quelle année?

– 1959.

– 1959, ça doit être le... sanglier... Oui c'est ça... 1959, c'est le sanglier!

– Tu déconnes... Tu dis ça pour te foutre de ma gueule... Tu t'rends compte si mes vieux apprennent ça... Musulmans comme y sont... Avoir engendré un porc... La honte pour eux!...

– J't'assure Omar qu't'es sanglier! (Elle éclate de rire puis, reprenant son sérieux, elle poursuit.) Tu sais comment on distingue l'étoile du Berger des autres étoiles?

– Ben non... J't'ai déjà dit qu'j'étais pas trop branché sur les étoiles...

– Eh bien vois-tu, l'étoile du Berger, c'est l'étoile qui brille le plus. (Nelly se rapproche un peu plus de moi et pointe son index vers le ciel :) Celle-là tu la vois?

– Laquelle?

– Regarde... Suis mon doigt.

– Mais elles brillent toutes!

– Suis mon doigt, j'te dis!

– J'arrive pas à la distinguer des autres.

– Tu vois mon doigt?

– J'suis pas aveugle.

– Tu le suis?

– Ça change pas, j'arrive pas à faire la différence avec les autres.

– Bon, on va procéder autrement... T'élimines toutes les petites étoiles... Ça y est, t'as éliminé?

– Ouais, j'ai éliminé.

– Bon, à présent, droit devant toi... Celle qui brille le plus au-dessus de ta tête, eh bien c'est elle, la Grande Ourse... Tu la vois?

Je vais lui dire que je la vois, sinon demain matin on y sera encore... Et pis ça m'évitera de passer pour l'imbécile qui regarde le bout de son doigt quand on lui montre la lune...

« T'as vu, elle se distingue facilement!

– Tu m'étonnes... On voit qu'elle!

– Et l'étoile Polaire, tu veux que je te dise où elle est?

A ma grande chance, Chérif sort d'un coin d'ombre en bâillant et s'étire en signe de croix.

– Bon, j'vais me coucher les jeunes, demain il y a la route...

– Bonsoir monsieur Chérif.

– Bonsoir ma fille... Comment tu t'appelles déjà?

– Nelly.

– Alors, bonsoir Nelly.

– Allez, dors bien Chérif.

– Toi aussi Omar.

Le grutier me tape sur l'épaule et me cligne de l'œil. Il doit s'imaginer que je suis en train de me monter un plan pour cette nuit. Mais non, mais non Chérif! J'ai beau être né sous le signe du sanglier, je ne suis pas une bête, je sais me tenir.

– Alors, l'étoile Polaire, tu veux que je te dise où elle est située?

La trêve aura été de courte durée et l'astronome nantaise n'a pas perdu le nord.

– Mais l'étoile Polaire, je sais où elle est.

– Eh bien vas-y, dis-le-moi...

J'ai une chance sur deux de me planter : soit c'est au sud, soit c'est au nord.

– Euh... L'étoile Polaire elle se situe par rapport au pôle... Nord...

– Bravo Omar... Et t'as trouvé ça tout seul, où on t'a aidé?

– On m'a aidé.

– Et qui t'a aidé?

– La chance... J'dois être né sous une bonne étoile...

– Montre-la-moi... Ça va être facile... T'as la moitié de la réponse, dit-elle en prenant un ton professoral.

– J'pige déjà pas les points cardinaux en plein jour, alors la nuit... J't'en parle même pas...

– Regarde! L'étoile Polaire se situe exactement à côté de... Tu vois l'étoile, juste à côté de l'étoile du Berger?

– Mais, dis-moi Nelly, on va passer en revue tout le cosmos...

– Ça t'ennuie, fait-elle mi-surprise, mi-dépitée.

– Non mais... Tu vas pas m'dire que tu passes toutes tes nuits à regarder les étoiles... T'as bien d'autres loisirs quand même!?

– Tu sais, en province, y a pas mille choses à faire. T'as vite fait le tour, surtout à Nantes... Et pis avec mon boulot, il faut que je cavale toute la journée, alors quand je rentre à la maison je suis totalement épuisée et je n'ai pas envie de ressortir.

– C'est quoi ton boulot?

– Je suis assistante sociale.

– Ça m'surprend pas!...

– Comment, ça te surprend pas!

– Oui, entre nous, j'te voyais plutôt bosser dans une MJC ou un machin comme ça. Mais assistante sociale, ça te va bien aussi.

Nelly plisse son front, à l'évidence elle ne comprend pas.

– T'as quelque chose contre les assistantes sociales?

– Mauvais souvenirs...

– Encore! Décidément... Et qu'est-ce qu'elles t'ont fait?

– Les assistantes sociales, c'est les femmes qui viennent à la baraque quand on est dans la merde et qui demandent une tonne de papelards : talon des alloc..., les dernières fiches de paie du vieux, quittance de loyer, de gaz, d'électricité, etc., qui s'tapent une tasse de thé avec des petits gâteaux secs et qui disent : « Eh bien, madame, je vais faire le nécessaire pour vous venir en aide », mais à la finale, faut qu'tu te déplaces au moins vingt fois à la mairie pour toucher cinquante sacs... C'est bien ça ton taffe?

– T'as une façon de voir les choses qui me sidère, mais je préfère ne pas approfondir le sujet, on n'a pas la même perception des réalités.

– Tu dis ça parce que tu sais que j'ai raison, affirmai-je frondeur.

– Au moins, t'es sûr de toi, ça fait plaisir.

– Dis Nelly, tu m'as toujours pas dit ce que tu faisais à Nantes à part secourir les pauvres et regarder les étoiles!

– Évidemment, tu m'interromps sans arrêt!

– C'est fini, j'te promets, j'te coupe plus!

– Non mais tu t'es vu? Tu parles comme mon filleul qui vient d'avoir six ans!

– Tu préfères p't'être que je te dise : « Bon maintenant la greluche, j'ferme ma gueule mais tu jactes! » Tu préfères ça?

– Je vois que la nuance et toi, ça fait mille!

– Alors comment tu veux que je te parle?... Choisis!

– Tu pourrais dire : « Comment se passent tes journées à Nantes? »

J'ai le sentiment que la môme Nelly, assistante sociale de son état, n'a pas perdu la main pendant ses vacances et a envie de me faire don d'un cours de langue dans le cadre étriqué de la promotion sociale des jeunes ANI.

– Bon, si tu veux... Alors, mademoiselle, pourriez-vous me dire comment se passent vos journées à Nantes, si ce n'est pas trop vous demander?

– Ce n'est pas trop me demander, mais monsieur Omar... Au fait, votre patronyme c'est...?

– Appelez-moi Omar de La Garenne-Colombes!

– Joli patronyme... Mais vous ne trouvez pas que vous en faites un petit peu trop? me demande-t-elle avec affectation pour se moquer.

– Mais c'est vous, chère demoiselle, qui voulez que je prenne mes distances...

– Les nuances, Omar... Les nuances!

– Bon, si j'ai bien compris, j'saurai jamais c'que tu glandes de tes journées dans ton bled!

– Mais pourquoi, ça t'intéresse tant que ça?

– C'est pas qu'ça m'intéresse tant que ça, mais j'aime bien entendre les gens parler de leur vie...

– Tu sais ma vie... Y a des jours avec et des jours sans,

des jours ni bons ni mauvais. Des jours qui ne servent à rien, c'est du moins l'expression que l'on emploie le plus couramment...

– Ma concierge aussi, elle dit souvent ça : « Y a des jours avec et des jours sans. » Mais pour elle, les jours sans, c'est le dimanche, quand y a pas le ramassage des ordures.

– Écoute-moi bien, Omar de La Garenne-Colombes. Si tu penses que tu vas te payer ma tête encore longtemps, tu te trompes. D'ailleurs je m'en vais, comme ça t'auras toute la nuit pour parler tout seul.

– Non, non, reste, j'te jure que j'dis plus rien, t'as ma parole d'honneur, je lève la main droite et je crache à terre.

– Je ne t'ai pas demandé de ne plus rien dire, je t'ai dit de ne pas te payer ma tête!

– J't'ai juré, j't'ai même donné ma parole d'honneur et ça c'est pas rien... Alors, tes journées à Nantes?

– Et pourquoi tu veux pas parler de ta vie? Moi aussi j'aime bien écouter les autres parler de leur vie. Elle doit être passionnante la vie d'un ANI banlieusard.

– Ça m'embête...

– Pourquoi?

– Ça m'gêne... J'aime pas me livrer comme ça, quand j'ai pas de prétexte... J'suis comme qui dirait un chouilla constipé du côté de ma vie privée...

– Et moi alors, tu crois que ça ne me gêne pas de me livrer... Je ne te connais pas plus que ça après tout...

– Voilà, j'ai une idée! On va tirer à pile ou face... Celui qui perd commence à raconter sa vie... On va appeler ça « Le jeu de la vérité sans fard ».

– Tu te rends compte jusqu'où va se nicher la débilité... On va jouer à pile ou face pour savoir qui de nous deux va raconter sa vie le premier... Tu te rends compte? soupire-t-elle.

– T'es joueuse, ou t'es pas joueuse?... En plus, si je perds, j'suis sûr que tu y gagneras, parc'que ma vie à moi, elle en a des choses à dire, à redire, et à s'inventer...

– D'accord, je joue, mais si je gagne, je te pose les questions que je veux... OK monsieur Omar de La Garenne-Colombes?

– Comment, les questions que tu veux?

– Oui, si je gagne, je pose les questions que je veux sur ta vie... T'es joueur ou pas?

– Toi aussi Nelly, si j'gagne, j'pose les questions que j'veux?

– Ah moi, j'suis entièrement d'accord!

– Bon tape cinq! dis-je en croisant les doigts.

Nelly connaît parfaitement les traditions du Maghreb. Une grande claque dans la main, l'affaire est entendue, plus moyen de se dédire.

« Tu choisis pile ou face?

– Face, murmura-t-elle, après avoir hésité un instant.

– Au fait, t'as une pièce de monnaie Nelly, parce que moi, j'suis encore à sec...

– Je vais voir...

Elle trifouille dans son grand sac de toile modèle « tiers monde, la grande aventure », sort son porte-monnaie.

« Zut!... Pas de monnaie... Non, je n'ai rien Omar...

– Comment va-t-on faire?

– Ce n'est pas très grave, tu n'as qu'à aller voir Francine, elle va se faire un plaisir de te donner de la monnaie! En même temps, tu peux ramener une couverture, il commence à faire frais.

– Où tu veux que j'trouve une couvrante?

– Demande à Francine! me dit la blondinette malicieuse.

– Eh! tu pousses un peu là!... Bon, j'y vais, elle va être ravie de me voir ta copine, déjà qu'elle m'adore!

★

C'est vrai qu'il commence à cailler. Le vent a dû se lever. Je ne vois pas d'autre hypothèse pour justifier ce subit rafraîchissement nocturne... (On va pas encore tout mettre sur le dos du fameux anticyclone venu des Açores, ce serait trop facile, et puis c'est lâche... De plus je ne suis même pas certain qu'il soit du quartier...) Quelques insomniaques déambulent sur le pont. Encore une fois j'aperçois mes amis black-panards. Depuis le départ, je ne les ai vus se lâcher la main que deux fois... Une fois pour me donner cent balles et une autre fois au kiosque de la détaxe... Inséparables, je vous dis!... Je les soupçonne fort de faire partie du personnel des entreprises Limpidol ou Séccotine... Je leur fais signe de la main pour qu'ils remarquent que je ne les oublie pas et qu'ils n'ont pas affaire à un ingrat.

– Qu'est-ce que tu veux encore!? demande Mme Black-Panards.

– Rien rien, je vous fais signe pour vous dire bonsoir, répondis-je timidement.

– Eh bien bonsoir! beugle Mme Black-Panards.

– Mais enfin qu'est-ce qui te prend Paulette, murmure M. Black-Panards à l'oreille de son épouse.

– Y m'prend que déjà tout à l'heure y nous a abrutis pour qu'on lui donne cent francs alors que maintenant, je me méfie de cette sangsue!

Je passe mon chemin... Pas trop aimables les Panards

ce soir. Ça doit être la fatigue ou l'énervement... Mais je ne me vexe pas, car des gens qui sont capables de me lâcher cent balles pour que je puisse en toute quiétude m'intoxiquer avec des cigarettes américaines auront toujours grâce à mes yeux... Je vous pardonne donc, Paulette et Roger, black-panards du *Tassili*...

Je me demande à quoi tient le fait que, sur cette immense île flottante motorisée, quoi que je fasse, où que je me trouve, il faut toujours que je tombe sur les mêmes. A quelques pas de là, le pleureur de Belgique dort en chien de fusil au milieu de l'allée centrale. Il ronfle presque aussi fort que les machines. Fais de beaux rêves mon Wallon, demain tu retrouveras tes moules frites, et tes copains maghrébins de Bruxelles ou d'Anvers... Tu pourras éructer à ta guise sur tes vacances gâchées, sur l'Algérie et les Algériens... Moi à ta place, je mettrais à l'amende toute ta bande de bronzés, pour ne pas t'avoir avisé qu'il fallait un visa pour entrer au bled... Je les condamnerais à payer une fois par semaine un couscous arrosé d'un bon Mascara... C'est pas une bonne idée ça, petit Wallon du *Tassili?*

Assis sur la longue banquette de bois, Francine et le neveu du colonel Ben Cheikh se regardent en chiens de faïence. De toute évidence, ils s'ennuient à cent dinars de l'heure...

– Excuse...

– Oui, coupent en chœur les deux clébards de céramique.

– Excuse-moi de te déranger Francine, mais ta copine veut que tu lui refiles une couvrante, elle a froid.

– Ma voiture est au second sous-sol. C'est la Renault 4 blanche immatriculée 1983 DZ 44... Elle est ouverte...

– Et alors, qu'est-ce que tu veux que ça me fasse?

– Eh bien, vas-y, les couvertures sont dans le coffre.

– Vas-y toi-même, c'est pour ta copine!

– Tu peux bien me rendre ce service, Omar!

– J'suis pas ton boy... C'est pas marqué pigeon sur ma saharienne...

– Tu ne veux pas y aller, dit-elle d'un ton menaçant, t'es bien sûr?...

– Ouais, j'suis sûr!

– Bon d'accord, j'y vais, soupire-t-elle, mais j'espère que tu n'auras jamais besoin de moi parce que...

– T'inquiète pas, j'aurai jamais besoin de toi...

Francine décolle péniblement son osseux postérieur de la banquette et replace derrière son oreille gauche une mèche de cheveux qui lui barrait le visage.

– Je peux t'confier mon sac, Madjid?

– Oui bien sûr... Je ne bouge pas...

Et c'est ainsi que j'appris que le neveu du brave et vaillant colonel Ben Cheikh se prénommait Madjid... Madjid Ben Cheikh, Lunettes d'écaille pour les intimes...

– Ça t'fait rien que je m'assieds à côté de toi en attendant que l'autre revienne?

– Non, ça ne me fait rien, me répond-il en regardant le bout de ses chaussures.

– Ça va depuis tout à l'heure?

– Ça va, dit-il en époussetant le bas de son pantalon.

– Tu la trouves comment Francine?

– Sympathique, dit-il en sortant de la poche droite de son veston une boîte d'allumettes. La dernière, précise-t-il en laissant choir la boîte.

– C'est pas c'que j'voulais dire... Physiquement, comment tu la trouves?

– Agréable, lance-t-il en brisant l'allumette en deux.

– Eh ben t'es pas difficile! Moi j'pense que c'est pas une affaire.

– Dis donc, t'es venu te foutre à côté de moi pour encore m'emmerder? fulmine-t-il en se curant le pouce droit avec son allumette.

– Mais non, y a pas de raison, tu penses... soupirai-je. Et pis, crie pas comme ça, tu vas réveiller les poissons.

– Si seulement tu pouvais avoir autant d'égards envers tes semblables que tu parais en avoir pour les poissons, je pourrais peut-être te supporter. Mais décidément le fossé entre vous ANI et nous Algériens d'Algérie est trop important pour que nous puissions avoir des atomes crochus, conclut-il en se curant l'index droit.

– Ah! d'accord... d'accord! Avec Francine qu'est gauloise comme pas deux, tu t'es trouvé des atomes crochus, mais avec moi...

– Avec elle, c'est différent, on peut parler, échanger des opinions, c'est ainsi qu'on évolue... Mais avec toi on s'enfonce, c'est l'abîme, il n'y a rien à échanger, dit-il en se curant le majeur droit.

– Ah parce qu'elle a des idées Francine! J'avais pas remarqué, mais on peut pas tout voir, surtout la nuit...

– Beaucoup plus que tu ne le crois... En politique par exemple, elle a des op...

– Ben justement, en politique, j'aimerais te poser une question qui me tracasse depuis déjà longtemps.

– Oui, fit-il intéressé.

– Ah! tu vois qu'on peut avoir des choses à se dire, dis-je fier de moi.

– Peut-être... En tout cas, j'aimerais bien connaître les

opinions politiques d'un ANI, dit-il en se curant l'auriculaire droit.

– Oui, ben là j'crois qu'on s'est pas compris Madjid, et de toute façon, c'est moi qui voulais savoir quelque chose.

Le fait que je l'appelle par son prénom semble l'agacer. Il se cure l'annulaire droit, et d'une pichenette expédie l'allumette noircie dans les ténèbres de la nuit. Je lui propose aimablement mon briquet pour qu'il se cure les ongles de la main gauche... Ça ne l'amuse pas...

– Alors là, tu dégages! J'en peux plus, je ne veux plus te voir!

– Mais t'énerve pas Madjid, je plaisantais...

– Va voir ailleurs si j'y suis! Dégage d'ici ou j'te vire...

– Bon d'accord, j'me barre mais si tu réponds à ma question.

– Qu'est-ce que je ferais pas pour que tu dégages! fit-il exaspéré.

– Eh ben voilà; c'est politique... A ton avis quels sont les deux slogans, les plus importants, à crier à la face du monde?

Il réfléchit un instant.

– Je te réponds mais après tu me laisses tranquille, d'accord?

– J'te le jure, parole d'ANI.

Il ricane.

– Eh bien à mon avis les deux mots d'ordre les plus importants sont « Vive le socialisme » et « A bas la corruption », dit-il le poing levé.

Y va pas nous faire une manif sur le *Tassili,* ce grand con!

– Et toi là-dedans, où tu te situes?

– Oh moi, dit-il modestement... Moi c'est secondaire.

– Alors, si c'est secondaire, pourquoi t'as pas dit « Vive le socialisme » et « Vive moi »?

– Tu ne comprends décidément rien à rien, il faut tout t'expliquer en détail... Pauvre type, marmonne-t-il entre ses dents... Ce qui passe avant tout, c'est le dévouement pour la cause!

– Cause toujours, tu m'intéresses... C'est un peu ça, non!

– Mais qu'est-ce qu'on vous apprend en France pour que vous soyez tous complètement ignares? dit-il en hochant la tête comme pour marquer le dégoût.

– Eh ben, explique-moi, toi qu'es si malin.

– Le fait de défendre une cause, c'est toujours désintéressé... Cela s'appelle l'engagement! dit-il en croisant ses jambes.

– C'est comme au football alors!

– Quel rapport!?

– Au foot, ce sont ceux qui encaissent le plus de buts qui ont le plus d'engagements... Mais remarque, je dis ça, mais c'est pas toujours vrai... Souviens-toi le Mundial, l'Algérie avait entrepris ses matches avec beaucoup plus d'engagements que l'Allemagne et l'Autriche et en fin de compte, ce sont les Allemands et les Autrichiens qui ont été engagés pour le second tour... Tu dois avoir une explication, toi qui sais engager?

– Là, tu touches le fond du problème... Sache que les grands de ce monde ne s'entre-dévorent jamais. Et les pauvres qui n'ont rien à partager ne veulent rien céder de leur rien... Est-ce clair?

– Tu veux dire que celui qui n'a rien préfère se le garder plutôt que d'en faire profiter un autre... Remarque je me mets à leur place... N'empêche que si les Chiliens nous avaient offert leur rien, eh ben on avait tout. La qualification pour le second tour... Et qui sait... La coupe peut-être.

Sur ces entrefaites, Francine revient du garage, la couverture autour du cou, tel un marchand de tapis de Belleville.

– Eh bien, je vois que la conversation est passionnée. L'atmosphère s'est détendue... Tiens, voilà la couverture pour Nelly.

– Merci pour elle.

– De quoi parliez-vous?

– Il était en train de me demander mon avis sur la manière dont il fallait s'y prendre pour te draguer.

Soudain, je ne sais pas pourquoi, Madjid Ben Cheikh bondit.

– Mais non, c'est pas vrai Francine! C'est pas vrai! Il est complètement taré ce type! Je te jure que je n'ai jamais dit ça!

Puis se retournant il me menace par la foudre d'Allah de m'expédier à vingt mille lieues sous les mers rejoindre le capitaine Nemo.

– Calme-toi Madjid, tu penses bien que je ne le crois pas... Il veut faire l'intéressant comme d'habitude.

– Pas du tout, pas du tout, j'plaisante pas, il veut te draguer ma vieille!

– Espèce de sale fin de race... Dégénéré! hurle-t-il en braquant son poing droit sous mon nez.

– Du calme, du calme, vous allez quand même pas en venir aux mains!

– Moi j'me bats simplement pour les causes qui en valent la peine... C'est bien ça Madjid!

– Écoute pauvre détraqué!... Qu'est-ce que tu attends? T'as la couverture... File maintenant avant que ça dégénère...

– D'accord j'me casse, j'suis pas du genre à m'imposer de force.

– Ouf! bon vent, fait-il soulagé.

– Au fait, Nelly voudrait que tu lui donnes une pièce de monnaie.

– Elle n'a déjà plus de monnaie? interroge Francine.

– Il ne lui reste que des billets... Et pour jouer à pile ou face...

– Qu'est-ce que c'est que ce bateau que tu me montes?

– Donne-lui une pièce, qu'il débarrasse le plancher! dit Madjid Ben Cheikh exaspéré de ne pas me voir disparaître.

– Attends deux secondes, je regarde dans mon sac.

– Non, non, pas deux secondes de plus. Je vais lui donner une pièce, dit-il en sortant de la poche de son veston une pièce d'un franc.

– Merci Madjid...

– Il n'y a pas de quoi, et à jamais, Inch Allah! lance-t-il en m'enfonçant la pièce dans le creux de la main gauche.

– Allez, passez une bonne nuit quand même, dis-je en leur lançant un immense clin d'œil entendu.

A peine avais-je tourné les talons que les deux chiens de faïence aboyèrent en chœur :

– Si c'est pas malheureux, si jeune et déjà atteint à ce point!

Mais je décidai de ne pas répondre à ce propos provocateur. Ce sont des pauvres esprits, ne leur en tiens pas rigueur... Ne perds pas ton temps...

Emmitouflé dans la couverture kaki destinée à ma compagne nocturne, ma seule préoccupation était de m'inventer des questions, au cas où la chance aurait décidé de me servir... Quelques questions pour faire la lumière sur le passé, le présent, voire même le futur de l'existence de la blondinette Nelly. Le jeu en valait-il la chandelle? De toute façon, il était trop tard à présent pour changer quoi que ce soit au programme. De plus, nous nous étions tapé dans la main, c'était pire que si j'avais donné ma parole d'honneur. Je temporisai en traînant comme un zombie dans les allées du ferry... Poser des questions qui appellent des réponses, l'entreprise paraissait facile... Mais des questions qui appellent de véritables réponses, est-ce que cela existe? me questionnais-je perplexe...

– C'est maintenant que tu arrives Omar? Je commençais à désespérer.

– Ben tu sais, c'est ta copine qu'a traîné... J'y suis pour rien. Tiens ta couvrante.

– Merci Omar... T'as la pièce de monnaie?

– Ouais, j'ai la pièce.

Nelly pose la couverture sur ses épaules.

– Ça fait du bien, miaule-t-elle.

– Et moi, je peux en profiter un petit peu de ta couverture?

– Évidemment... Assieds-toi près de moi.

A présent, nous voilà à l'abri de la brise marine.

– Ça fait du bien, dis-je à mon tour.

– Pendant que tu étais parti chercher la couverture, j'ai

mijoté huit questions au cas où je gagnerais, me souffle Nelly.

– Ah bon?

– Toi, tu n'y as pas pensé Omar!?

– Si, si, mais c'est pas encore très clair dans ma tête... Et c'est quoi tes questions?

– Tu verras si tu perds.

– Tu peux bien me le dire puisque de toute façon je serai obligé de répondre si je perds.

– Après tout, pourquoi pas!

Elle tire de la poche de son T-shirt un morceau de papier chiffonné et griffonné.

– Ah! parce que tu les as notées en plus... Tu ne fais pas les choses à moitié...

– Tu sais, j'avais que ça à faire... Alors première question. Elle va faire appel à tes souvenirs d'enfance... Tu te souviens de l'émission de télé qui t'a le plus marqué quand tu étais gamin?... Ne souris pas, c'est très révélateur...

– Révélateur de quoi?

– Deuxième question : quel est le héros de cinéma qui t'a le plus influencé lorsque tu étais enfant?... Ne souris pas, c'est très révélateur tout ça...

– Mais révélateur de quoi?

– Troisième question : as-tu déjà eu affaire au racisme?... Pourquoi tu ne souris plus?

– C'est révélateur.

– Quatrième question : culturellement, tu te sens plus d'affinités avec la France ou avec l'Algérie?... Pourquoi tu lèves les yeux au ciel?

– La cinquième c'est quoi?

– Cinquième question : quelle est la personne que tu aimes le plus? Pourquoi tu souris?

– Parce que c'est facile!

– Sixième question : quand tu vas en Algérie, tu te sens vraiment proche des Algériens ou tu te sens différent? Septième question – là, on aborde un autre registre de questions : quelles sont tes ambitions dans la vie, que comptes-tu faire?

– Elle est pas très claire ta question : tu veux savoir si y a quelque chose qui me branche particulièrement?

– En gros c'est ce que je voulais dire. Huitième question : tu as dû remarquer que depuis un certain temps il y avait en Occident un relâchement des mœurs... Qu'en penses-tu?

– Rien, j'en pense rien.

– Mais des phénomènes... Je ne sais pas moi... Par exemple l'homosexualité...

– Alors là je peux tout de suite te dire que je suis pour. Parce que je vais te dire une bonne chose : plus y aura de pédés plus y aura de femmes libres.

Elle éclate de rire.

– Je ne m'attendais pas à cette réponse surtout de la part d'un Arabe! Tous mes amis arabes à qui j'en ai parlé se sont bloqués comme si je les insultais.

– C'est parce qu'ils n'ont pas étudié la question sous le même angle que moi, sinon ils seraient tous pour l'homosexualité.

– Tu as peut-être raison! Bon, on joue Omar! Tu sors la pièce.

– Tu choisis pile ou face, Nelly?

– Face.

Je jette la pièce d'un franc en l'air, la rattrape de la main droite et la dépose sur le revers de ma main gauche...

Stupeur!

– Merde, merde, merde! Quelle poisse!

– J'ai gagné, braille la blondinette. C'est super, t'as perdu! C'est à toi de répondre... T'es obligé, on s'est tapé dans la main.

– C'est pas la peine de gueuler comme ça, c'est pas le loto que tu viens de gagner, calme-toi.

– Mais écoute, d'habitude je ne gagne jamais, pour une fois...

– Ouais, pour une fois, il a fallu que ça tombe sur ma tronche de cake... T'as de la chance que je sois bon joueur!

Je suis sûr que si Madjid Ben Cheikh m'avait donné une pièce d'un dinar, j'aurais gagné. Il faut être inconscient, débile ou croire aveuglément en la chance pour jouer à pile ou face avec une pièce d'un franc quand on est arabe, même non identifié...

– Alors, j'y vais. Première question. L'émission de télé qui t'a le plus marqué quand t'étais môme.

– Attends, que je réfléchisse un peu, ça remonte à loin tout ça... Ça y est, je vois, je vois...

– C'est quoi? interroge la gagnante du jeu de la vérité sans fard.

– Eh bien, c'était un feuilleton qui passait le jeudi après-midi. C'était Zorro, le vengeur masqué... Oh! la la! si t'avais vu la télé qu'on avait! Et l'ambiance qu'il y avait à la maison.

Nelly écarquille ses mirettes.

– Raconte, dit-elle.

– C'est une vieillerie que mon père avait réussi à se

procurer chez un de ses potes qui était réparateur d'articles ménagers. Elle avait pas une très belle gueule par rapport aux autres télévisions que je voyais dans le magasin qu'il y avait sur le chemin de l'école. Mais ça m'était bien égal. L'important c'était que le jeudi après-midi je ne sois pas dehors avec mon frangin, le nez collé à la vitrine du marchand d'images qui bougent, à suivre Zorro, version cinéma muet...

– Continue Omar!

– Trente secondes, j'allume un clope... Oui là, chez moi, tranquille, au chaud, j'étais aux anges... Y avait toujours beaucoup de monde à la baraque le jeudi après-midi, beaucoup de mouvement... Y avait le va-et-vient de mes frangines... Y avait mon frère dans son coin, y avait les voisins. Enfin, quand je dis les voisins, j'exagère un peu, ils étaient deux. Deux frères qui n'avaient rien à foutre de leur jeudi, alors ma mère me disait : « Va chercher les Spagnols, y vont regarder les films »... Putain! Je me rappelle... Ils étaient heureux quand je venais les chercher, ils attendaient que ça... Ils pigeaient pas grand-chose au français, ces immigrés arrivés en France depuis à peine un an... Au fait, j't'ai dit que j'habitais dans un quartier où y avait que des Espagnols?

– Oui, et il y avait des Portugais... Continue, avec ton histoire d'Espagnols qui n'avaient pas de télé.

– C'est pas une histoire, c'est la vérité.

– Continue la vérité alors...

– Ouais, j'sais pas comment elle faisait ma mère. A croire qu'elle le faisait exprès. Elle arrivait jamais à prononcer leurs prénoms. C'était pourtant pas bien compliqué. L'un s'appelait Sébastien, c'était l'aîné. L'autre, c'était

Juan. Pour Sébastien, ça pouvait encore passer, y se retrouvait avec Sébastan ou Sépastien. Mais pour Juan, alors lui, c'était coton. C'était carrément Noan ou Jouan. Et quand elle voulait prendre l'accent « spagnol », ça devenait Roanne, comme la ville... Eux se marraient bien... J'suis sûr qu'y devaient bien se foutre de sa gueule... J'étais pas trop copain avec eux, parce que entre eux ils parlaient espagnol et que je n'y comprenais que dalle... Ça m'agaçait... Mais je m'égare un peu de ta question...

– Oui, tu t'égares un peu mais c'est pas grave...

– Tu sais, quand c'était l'heure de Zorro, j'pouvais pas supporter qu'il y ait le moindre bruit à la baraque... J'devenais un super-dictateur... La terre pouvait s'arrêter de tourner, j'en avais rien à cirer... Tout ce qui comptait, c'était Zorro, un point c'est tout!... J'connaissais tous ses tics, j'arrivais même à prévoir ses réactions...

– Si j'ai bien compris, ton admiration allait à Zorro, demande Nelly, zaama fascinée par mon histoire d'écran cathodique.

– Mais c'qui est dommage, c'est que Zorro, je ne pouvais l'être que chez moi, avec mon frère et ma petite sœur... Remarque, c'était déjà bien, mais à trois on a vite fait le tour...

– Et en récréation, tu pouvais y jouer? coupe la blondinette.

– Justement on y jouait, mais j'sais pas comment je me débrouillais ou plutôt comment ils se débrouillaient, mais il était toujours hors de question que je sois Zorro. C'était toujours le même. Un mec qui s'appelait Jean-Pierre, je crois. Un grand costaud. Un Zorro qui serait plus petit que les autres, ça ne se fait pas. C'est ce que disaient les autres.

En fin de compte, je me retrouvais simple soldat, sans même le moindre grade de caporal ou de sergent; un soldat anonyme, un pauvre con, un de ces pions qu'on envoie en éclaireur et qui se fait descendre au premier coup de fusil... Ainsi, on gardait nos rôles de récréation en récréation... J'me souviens qu'une fois, j'avais eu le privilège d'être nommé caporal, parce qu'un de mes copains était resté chez lui, il avait attrapé la bronchite... J'étais toujours le plus petit en grade, mais psychologiquement c'était quelque chose de passer de rien à pas grand-chose. Néanmoins, ma situation avait quand même quelques avantages par rapport aux lieutenants ou généraux qui eux n'avaient pas le droit à l'erreur! Je pouvais mourir autant de fois que je voulais; dix, quinze, vingt fois, je ressuscitais. J'avais même le droit de ne plus jouer... Tu vois Nelly, c'était ça Zorro.

– J'ai du mal à te croire, me dit Nelly sceptique.

– Alors toi, tu manques pas d'air! Je te raconte ma vie parce que j'ai perdu, je me livre, et toi tu doutes!...

– Mais non Omar, je dis ça pour te faire marcher.

– J'aime mieux ça... Au fait, qu'est-ce que ça révèle?

– Attends, le questionnaire n'est pas encore terminé... Deuxième question...

La gagnante du grand jeu nocturne « La vérité sans fard » cherche son morceau de papier.

– Tu l'as remis dans la poche de ton T-shirt.

– Merci... Alors, deuxième question... En fait, tu as fait d'une pierre deux coups parce que le héros qui t'a le plus influencé est celui de ton émission de télé préférée. Tu as donc répondu aux deux premières questions.

– On passe à la troisième alors!

– OK : as-tu déjà eu affaire au racisme?

– Eh ben, je dois l'avouer, j'ai eu affaire au racisme très tard... Ça m'a pris très tard... Un soir un cousin est venu passer une nuit à la maison... Mon vieux très chaleureusement lui a proposé ma chambre. Je devais donc partager ma piaule avec ce cousin venu d'ailleurs et qui n'avait d'autre famille pour l'héberger. Le matin, je faillis ne plus me lever... Début d'asphyxie. Y puait des pieds que c'en était insoutenable... Même avec du grésil, impossible de déloger l'odeur... Un vrai cauchemar! Depuis ce jour-là, je hais, je méprise tous les gens qui puent des pinceaux et ça quelle que soit la couleur de leurs pieds.

– Mais t'es taré, c'est pas ça le racisme!

– C'est quoi le racisme alors!?

– C'est pas ça, insiste Nelly choquée.

– Si tu trouves que haïr tous les gens de la planète qui puent des pieds, c'est pas une forme de racisme... Alors explique!

– Mais c'est pas ça le racisme, c'est pas ça!

– Eh ben explique, toi qu'es si maline!

– Pour moi, le racisme c'est se sentir supérieur à telle ou telle race ou ethnie, pour atteindre un but souvent inavoué qui est de dominer ou d'assujettir l'autre.

– Moi, j'fais sûrement un complexe de supériorité envers tous les « puent-des-pieds » de la planète, mais sincèrement, je ne veux ni les dominer ni les assujettir, au contraire, plus ils sont loin, mieux je respire...

– Tu le fais exprès ou quoi? s'exaspère Nelly. Tu n'as pas compris ce que je viens de dire, le racisme c'est...

– Si, j'ai parfaitement compris, mais il n'y a pas qu'une façon de définir le racisme... Moi-même, je t'ai traduit le mien, mais il y en a des centaines, peut-être des milliers...

Le racisme est pluriel. Si c'était un animal, ce serait un caméléon. Tu piges la meuf!?

– Pas vraiment Omar, éclaire-moi.

– Tiens, voilà mon briquet, dis-je en lui tapotant la cuisse.

– Tu vois, avec toi on ne peut jamais discuter, tu te faufiles toujours, une vraie anguille!

– Mais non, je me faufile pas, mais qu'est-ce que tu veux que je te dise... J'vais quand même pas te sortir tous les lieux communs de ce phénomène... Facile d'opposer le Blanc au Noir, facile d'opposer l'Oriental à l'Occidental. Facile d'opposer le Nord au Sud... Facile tout ça... C'est même c'que j'appellerais le racisme des pauvres gens honnêtes! Tu piges la meuf?

– Mais ta définition à toi, c'est quoi, parce que t'as beau, en effet, m'exposer les clichés les plus éculés, tu ne m'as pas donné ta définition, et c'est pas ton histoire de gens qui puent des pieds qui va me convaincre.

– En fait, j'ai pas de définition. Le racisme ça se ressent c'est tout... Y a pas de définition standard.

Je ne peux tout de même pas lui expliquer ce que j'ai ressenti quand, encore petit gamin, j'étais le seul du quartier à ne pouvoir jouer dans l'arrière-boutique de l'épicerie que tenaient les parents de mon copain. « Je ne veux pas que le petit Arabe vienne jouer dans le magasin... Les Arabes ça vole... » Heureusement Marco qui était pour moi un véritable ami me répétait mot pour mot les aimables propos de son papa et de sa maman.

Je ne comprenais pas très bien ce que voulait dire « les Arabes, ça vole... » mais je peux affirmer que tous les matins en allant chercher le lait chez ces commerçants modèles, j'en ai piqué des roudoudous, des chewing-gum et des boîtes de coco!... Peut-être pensez-vous que ce n'est pas bien de voler des roudoudous pour se venger, mais je vous arrête tout de suite, ce n'était que la résultante de mon goût immodéré pour les friandises!...

Je ne peux tout de même pas lui expliquer ce que j'ai ressenti lorsque, après m'être chamaillé avec un camarade de classe, celui-ci à bout de nerfs me cracha à la face : « Retourne dans ton bled, sale raton! » Dire que cela m'a fait très mal n'est pas exagéré. Premièrement, parce que je n'étais jamais allé dans « mon bled » et deuxièmement, ayant vu le jour à La Garenne-Colombes et y ayant traîné toutes mes illusions, je pensais être garennois. J'en ai été malade, je n'ai pas mangé pendant deux jours, le temps que le plat de ma vengeance refroidisse... Ensuite je lui ai fait très mal! Je l'ai presque torturé pour qu'il m'indique, sur la grosse mappemonde de la classe, l'endroit exact où se situait « mon bled »... Il ne le savait pas! Je l'ai giflé devant tous nos camarades. Ses lunettes se sont cassées en tombant à terre. Il a pleuré. Je n'étais pas fier. J'ai pensé que c'était stupide d'en arriver là, mais c'était le prix de la sauvegarde de ma dignité!

Je ne peux tout de même pas lui expliquer ce que j'ai ressenti quand Martine, qui fut mon premier amour, céda à l'odieux chantage de ses parents qui la menaçaient de l'envoyer terminer ses études dans un pensionnat de province si elle ne cessait pas de me fréquenter. Elle vint me retrouver dans la cage de l'escalier de son bâtiment où je végétais du matin au soir et m'annonça la voix chevrotante : « Entre nous c'est fini, mes parents... » J'ai baissé la tête et lui ai dit que je la comprenais. Elle pleura beaucoup. Je l'ai consolée en la serrant pour la dernière fois dans mes bras tremblants. Quelques secondes plus tard, je réalisais ce qu'allait être la solitude du célibataire malgré lui... Je restai inconsolable... Mais je ne t'en veux pas Martine, car si mes vieux m'avaient menacé de m'expédier dans une école coranique si je persistais à fricoter avec une Gauloise, je t'aurais larguée illico presto... Allez, gros bisous Martine...

Je ne peux tout de même pas lui faire ressentir combien il est humiliant d'être toujours celui que l'on soupçonne du moindre larcin. Non, je ne suis pas paranoïaque. Il suffit de croiser les regards du bon petit peuple de la rue pour déjà les entendre m'accuser de tous les maux. Et comment expliquer ce que je ressens quand j'entends qu'un petit ANI de même pas dix printemps se fait descendre comme un lapin par un Gaulois qui a vu trop de westerns à la télé mais qui ne supporte pas le bruit des pétards quand ce sont ceux de l'Aïd! Alors la rage... Tremblement de cœur... Impuissance... Pouvoir penser que c'est le Mektoub... Se rassurer... Ne plus penser.

Alors Nelly, comment t'expliquer toutes ces banalités qui font mon quotidien. Ce serait trop long. Je suis las et puis je n'ai pas encore trouvé les mots appropriés dans mon petit dictionnaire.

– Non ma chère, j'peux pas t'expliquer... J'peux t'appeler « ma chère » maintenant qu'on se connaît un peu mieux?...

– Oui bien sûr, tu peux m'appeler « ma chère », susurre Nelly en se serrant un peu plus contre moi.

Le vent léger fait voler de temps en temps quelques mèches de cheveux qu'elle laisse recouvrir ses yeux.

« Je peux poser ma tête sur ton épaule, Omar?

– Bien sûr tu peux, murmurai-je en la pressant contre moi.

– Je suis bien, miaule-t-elle en se frottant le nez sur mon épaule... Je commence à tomber de fatigue, mon cher Omar... Je peux t'appeler « mon cher » maintenant que l'on se connaît un peu mieux?

– Ouais, bien sûr, ça n'me gêne pas, au contraire ça me plaît bien et j'apprécierais même que tu dises « mon cher Omar de La Garenne-Colombes »!

Elle enroule ses bras autour de ma taille. Ça me gêne... Ça me gêne beaucoup de ne pas en avoir eu l'idée le premier...

– J'espère, mon cher Omar de La Garenne-Colombes, que tu n'es pas trop fatigué? Moi je le suis, je viens de recevoir un grand coup de nuit sur la tête, mais la curiosité va me tenir en haleine, rassure-toi. Je te pose donc la quatrième question.

– Tu y tiens vraiment? Tu ne préfères pas plutôt dormir?

– Non monsieur, ne commence pas à te dérober.

– OK, tu as gagné ma chère et comme je suis bon perdant je joue le jeu... Dette de jeu, dette d'honneur...

– Alors : te sens-tu plus d'affinités avec la France ou avec l'Algérie?

– En général, les gens ne formulent jamais la question de cette manière. Ils disent toujours : « Est-ce que t'as le cul entre deux chaises? »

– Bon, si tu veux mon cher. Culturellement, est-ce que tu as le cul entre deux chaises? interroge Nelly, qui à n'en point douter commence à glisser doucement mais sûrement vers un profond sommeil.

– Tu sais ma chère, avoir le cul entre la France et l'Algérie, c'est avoir le cul mouillé, et je ne supporte pas d'avoir les fesses mouillées. Il y a longtemps que j'ai pigé que pour être bien dans sa peau et à l'aise dans ses babouches, fallait surtout pas choisir entre la France et l'Algérie... D'ailleurs pourquoi choisir, puisque j'ai les deux... Je ne veux pas être hémiplégique. Mais pour éviter la paralysie d'une partie de mon cerveau il a fallu que j'investisse énormément d'argent... Toutes mes économies... Je me suis acheté un immense transat qui, une fois déplié, s'étale de Tamanrasset à Dunkerque. Mais tu peux me croire, ça n'a pas été une partie de plaisir pour déplier un grand machin comme ça... Maintenant j'ai le privilège de vivre allongé toute l'année la tête face aux soleils... Des vacances à vie si tu préfères.

– T'as de la chance, murmure-t-elle avec effort, ça me plairait bien d'être comme toi.

– On choisit pas son destin, ma chère Nelly. Tout le monde ne peut pas être né ANI...Heureusement... T'imagines tous les transats qu'il faudrait si toute la planète était peuplée de gens comme moi?... L'angoisse! J'aurais même plus de place pour profiter des soleils... Remarque, rien ne t'empêche de rêver que t'es une ANI, non, rien ne t'empêche.

– Je crois que c'est ce que je vais faire... La fatigue m'écrase, je ne tiens plus.

Nelly somnole.

– Alors, tu piques du nez?

– Fatiguée, Omar, fatiguée...

Je me pose donc la cinquième question : quelle est la personne que j'aime le plus?

Nelly s'est endormie. Elle n'a pas eu la force d'écouter. C'est une bien mauvaise gagnante, et je suis un bien bon perdant, mais je me devais d'honorer ma parole, lui prouver que je ne profitais pas de sa défaillance nocturne pour fuir mes engagements. Je pris pour témoin la mer et j'ai murmuré à son oreille que la personne que j'aimais le plus c'était ma mère. J'ai aussi susurré que maintenant la mer était la seule au monde à connaître mon secret. Je n'avais pas d'explications rationnelles à lui fournir. Quand on aime, je ne crois pas nécessaire de l'expliquer. Elle ne saura jamais non plus qu'entre les Algériens et nous, les ANI, il y a autant de différences qu'entre moi et mon image qui se reflète dans un miroir. Mais je n'ai pas encore pu savoir si c'était le miroir qui m'avait déformé ou si c'était moi qui l'avais déformée. La mer connaît peut-être la réponse... Elle ne saura jamais non plus que vendeur de vent à temps complet, c'est un métier fascinant. Elle ne saura pas qu'il n'est pas permis à tout le monde de passer sa vie à s'inventer des pays, des histoires, des cauchemars, des rêves, la vie et moi-même. Et chaque jour qui passe dans ma cité de La Garenne-Colombes, je prends rendez-vous avec mes pays, mes histoires, mes cauchemars, mes rêves, la vie et moi-même. Je les glisse dans mes babouches et vogue la galère, à moi les aventures. Toutefois, la seule de mes préoccupations c'est de faire attention à l'entretien de mes souliers afin qu'ils ne s'usent jamais.

Nelly dort profondément, la tête posée sur mon épaule... Je sors de la poche de mon blue-jean le paquet de Marlboro; c'est la dernière. La flamme de mon briquet dans la nuit ressemble à une étoile qui serait tombée du ciel et que j'aurais recueillie dans le creux de ma main. Je tète amoureusement le filtre de ma cigarette. C'est tout ce qu'il me reste comme compagnie pour en finir avec cette nuit...

★

Le matin s'est levé comme tous les matins. Il fait gris. Ça ne me surprend qu'à moitié. Hier soir, quelques nuages menaçaient déjà. J'ai encore les yeux pleins de sommeil. Nelly enroulée dans sa couverture kaki ne se réveille pas. J'ai l'épaule complètement ankylosée. Autour de nous, c'est déjà la rumba des voyageurs gavés de sommeil. Petit Rouget et son frangin sont sur le pont et chahutent à deux pas de là.

– Elle est bien ta fiancée, lance Petit Rouget.

– Tais-toi, tu vois bien qu'elle dort!

Petit Rouget qui est déjà en pleine forme a décidé que je serais sa première victime. Il se met à crier en sautillant sur place :

– Il a une fiancée! Il a une fiancée! Ouh! L'amoureux!

– Mais ferme-la, espèce de petit con! Tu vois pas qu'elle dort?

A vrai dire, j'aimerais bien qu'elle se réveille. Je me sens ridicule avec la tête de Nelly posée sur mon épaule engourdie. Et ce va-et-vient de passagers qui ne peuvent s'empêcher de jeter un coup d'œil sur nous et de repartir en souriant.

Et ce petit diable de Rouget d'insister en me pointant du doigt :

– Il a une fiancée! Il a une fiancée! Il est amoureux!

Cette fois-ci, Nelly tressaute. Elle ouvre les yeux. Mon Dieu, quel soulagement, mon épaule enfin dégagée!

– Qu'est-ce qui se passe? demande-t-elle la voix encore mal assurée.

– C'est le môme, le Petit Rouget... Complètement taré...

– Je ne le vois pas. Où est-il ce vilain garnement?

– Il s'est tiré dès qu'il a vu que tu te réveillais.

Nelly est à présent complètement réveillée.

– T'as bien dormi Omar?

– J'ai pas beaucoup dormi.

– Pourquoi?

– J'ai fait un rêve très étrange.

– C'est drôle, moi, j'ai fait un cauchemar... C'était horrible!

– Tu trouves ça drôle toi de cauchemarder? Allez viens, on va s'taper un petit jus, après ça ira mieux.

– Moi, je vais voir ma copine Francine. Je te rejoindrai tout à l'heure. Tu seras encore au bar?

– Bien sûr, où veux-tu que je sois! Tu crois peut-être que je vais attendre que le soleil décide de se repointer?

– Qu'est-ce que tu veux boire, jeune homme? me demande le loufiat.

– Café... bien serré!

– Un café bien serré! Ça marche!

Putain, j'ai du mal à refaire surface, toujours ce drôle de rêve qui revient.

« Voilà le café bien serré du jeune homme!

– Oh! la la! fallait pas le serrer comme ça, y reste plus rien dans la tasse!

– Ce qui reste, c'est le nectar. C'est le meilleur du café!

– Nectar de café toi-même, bredouillai-je.

– Qu'est-ce que tu dis jeune homme?

– Rien... rien, donne-moi un autre, desserré.

– Un café desserré pour le jeune homme! Ça marche!

Chérif arrive à son tour au bar en titubant. Il est clair que ça ne tourne pas très rond.

– Salut Chérif!

– Bonjour Omar... Ça va?

– Sans plus, sans plus.

– Moi non plus, ça va pas... J'ai mal dormi... Très mal dormi, dit-il en se passant ses grosses pognes de grutier sur le visage.

– T'es comme moi, on peut se serrer la main, parce que moi aussi j'ai mal dormi... J'ai fait un rêve bizarre.

– C'est vrai Omar, on peut se serrer la main, moi aussi... Un cauchemar!...

– Qu'est-ce qu'il va prendre Chérif? Une bière? lance le loufiat.

– Ça va pas!... Donne-moi un café.

– Un café pour Chérif! Ça marche!

– Qu'est-ce qu'il a à gueuler comme ça? Il est déjà bourré! s'esclaffe Chérif agacé par les aboiements matinaux du barman.

– Et deux cafés, deux!

– Écoute, c'est pas la peine de crier comme ça, on est pas aux halles de Rungis!

– Mais je fais mon boulot, Chérif!

– Ton métier, c'est pas de nous brailler dans les oreilles dès le matin. On n'est même pas encore réveillés que déjà tu nous assommes, en plus j'ai un mal de tête!

– C'est quand même pas ma faute si t'as mal à la tête, s'obstine à répondre le loufiat.

– Laisse béton Chérif! J'crois qu'il est complètement mûr... Ça doit être les vapeurs de café qui lui montent au cigare.

– Salut les mecs!

– Tiens, salut Féfer... Tu vas?

– Bof...

Féfer n'a pas vraiment l'air d'être dans son assiette.

– Tu prends un kawa? lui proposai-je.

– Ouais, j'veux bien un jus.

– Tu peux remettre un café pour mon pote s'il te plaît?

– Un autre café! Ça marche!

– Ah! j'ai pas la pêche! J'aime pas être comme ça! J'ai mal dormi merde! J'ai fait un de ces putains de cauchemar!

– Toi aussi?

– Ah, j'te raconte pas! Qu'est-ce que j'ai souffert!

Sur ces entrefaites, le père Abou Batomic rapplique en essayant tant bien que mal de réajuster sa casquette de marin breton.

– Ça va Abou?

– Non cosin, ça va pas di tout... Pas di tout...

– C'est vrai merde, t'as pas l'air bien. Tu vas me dire que toi aussi t'as cauchemardé?

– Si Omar, j'ai mal rêvé... Mal rêvé. (Puis, s'adressant au barman :) Ti m'donnes un café mon frère...

– Un café! Ça marche! hurle le loufiat à qui je souhaite sincèrement une bonne extinction de voix.

– Eh les gars! vous trouvez pas qu'il y a quelque chose de bizarrement commun entre nous? demandai-je, inquiet, à mes compagnons de galère.

– C'est quoi qu'est bizarre? demande Abou.

– On a tous fait des rêves bizarres...

– Moi mon rêve, c'était un vrai cauchemar! C'était horrible, vous pouvez pas vous imaginer, renchérit Chérif.

– Vas-y Chérif raconte. Moi, j'veux bien savoir, dit Féfer.

– Eh ben voilà... J'ai rêvé que c'était la nuit... D'un seul coup la tempête s'est levée... Tout le monde était malade... Les enfants y pleuraient... Les femmes, elles criaient... Nous les hommes, on soignait les blessés... Le bateau y bougeait dans tous les sens... Après y a eu un incendie dans la salle des machines... C'était horrible mes frères...

Le grutier s'arrête dix secondes, juste le temps d'allumer une cigarette, puis il reprend :

« Les employés du navire y z'avaient beaucoup de mal à mettre les chaloupes de secours à la mer... Le feu gagnait du terrain, y avait des flammes partout... C'était la panique... Le commissaire de bord y disait dans les haut-parleurs : " Les femmes et les enfants d'abord "... Y avait des hommes qui essayaient de se faire passer pour des femmes... Ah les gonzesses!... En un instant le *Tassili,* il a coulé à pic... Après, je me suis réveillé en sursaut!... Quel sale cauchemar!

Chérif a terminé le récit de son aventure nocturne et cauchemardesque. Il interpelle le grassouillet garçon de café et commande un autre kawa.

– Eh ben moi, les cosins, si j'vous disais comment j'ai mal rêvé...

– Eh ben raconte-nous, demandai-je intrigué à notre ami l'atomiste.

– Moi, j'a rêvé que j'a emmené mon femme Féronique au bled... On était heureux pendant les vacasses... un mois biene comme i faut... Mais quand on a monté dans le bateau, la Féronique, elle était plus pareille... Elle avait sur ses jambes des bas noirs comme des filets de pêcheurs... Elle faisait le maquillage, la coiffure biene, enfin tout... Moi, j'a trouvé ça pas normal... Jamais elle avait fait ça ma protestante... Et pis d'un seul coup le ciel il est devenu tout noir... L'orage... Des éclairs dans partout dans le ciel... Tout le monde il avait peur que le bateau y tombe au fond de l'eau... C'est là que c'est devenu grave pour moi... Vous savez pas c'que j'a vu à ce moment-là?

– Ben non. Comment tu veux qu'on le sache, dit Féfer un brin amusé.

– Continue Abou, on veut connaître la suite, presse Chérif.

– Eh ben à ce moment-là, j'ai vu ma Féronique dans les bras du commissaire... Elle disait : « Serre-moi fort mon commissaire! Serre-moi fort dans tes bras, j'ai peur!... » La honte elle m'a monté à la figure... Archouma! J'a voulu m'trangler tellement j'étais honte!... J'a réfléchi un seconde... Et pis comme la honte elle était trop grande j'a voulu laver mon honneur... J'a sauté dans l'eau... Après les cosins j'me rappelle plus de riene...

Abou est abattu mais soulagé d'en avoir fini avec sa rocambolesque mésaventure d'adultère. Il sort sa petite boîte de chema, se glisse une chique derrière sa lèvre inférieure et commande une bière au loufiat qui zaama n'écoutait pas. Nous, on a du mal à retenir nos rires. Chérif relève le col de sa veste pied-de-poule et se bidonne. Pauvre Abou, voilà ce que c'est que de se livrer à des types qui se servent de n'importe quel prétexte pour se payer une bonne tranche de rire. Féfer est le premier à feindre de reprendre son sérieux.

– Ça c'est drôle alors! parce que moi aussi j'étais sur le *Tassili*, mais j'étais pas avec ta femme Abou. J'te le jure!

– Ça te fait rire cosin. Moi, j'a pas ri di tout... Mais vas-y raconte ton rêve... Peut-être que j'vas rire aussi!

L'atomiste est bel et bien vexé. On ne plaisante pas avec l'honneur de la famille chez les Abou Batomic.

– Te fâche pas Abou. J'vais te raconter mon cauchemar, mais j'suis pas certain que ça te fasse marrer... Alors voilà. J'étais dans le self, je jouais de la gratte, soudain, une bande de gars masqués, mitraillette en main, surgissent et nous braquent... Ils désignent dix personnes pour servir d'otages... J'me souviens y z'avaient même pris Nelly et sa copine, mais on pouvait rien faire, y z'avaient des grenades offensives... Y menaçaient de flinguer un otage toutes les heures si leurs exigences n'étaient pas satisfaites. Et vous savez, les mecs, c'que c'étaient leurs exigences?... Eh ben, y voulaient détourner le *Tassili* vers le Vieux Pays Neuf... Le commandant de bord ne voulait rien entendre... Alors les terroristes ont commencé à cartonner... Au bout de trois heures, trois otages en moins... C'était insupportable, du sang partout, des cris, des gens s'évanouissaient, le cauchemar quoi!... Le commandant de bord avait fini par appeler le port d'Alger pour savoir ce qu'il devait faire... Le ministre de l'Intérieur lui avait répondu qu'il lui interdisait d'aller dans le Vieux Pays Neuf et que s'il désobéissait il pouvait s'installer définitivement dans le Vieux Pays

Neuf... Alors les terroristes ont continué à cartonner... Nelly et sa copine : éliminées... La nuit est tombée, il faisait tout noir... Y z'avaient plus d'otages, vous auriez vu le carnage!... Ensuite, ils ont menacé de faire sauter le *Tassili* si le commandant persistait toujours dans son refus de se rendre dans le Vieux Pays Neuf... Le commandant leur a fait un bras d'honneur... Et boum! une grande explosion... Après, j'me rappelle plus de rien... J'me suis réveillé en nage.

– Mais il est bite ton rêve, ricane Abou.

– Pourquoi?

– Parce que j'a jamais entendu parler du Vieux Pays Neuf... Ça existe pas ce bled.

– Je crois qu'il lui manque une case à ton copain le guitariste, me dit le grutier en me gratifiant d'un coup de coude. Y rêve de pays qu'existent pas sur la carte du monde...

– C'est pas si bizarre que ça, parc'que moi...

– Toi aussi t'as rêvé du Vieux Pays Neuf? coupe le barman intéressé par le récit de nos angoissantes rêveries.

– Non, mais enfin c'est troublant...

– Allez Omar dis-nous ton rêve. Tu vas pas te faire supplier? dit Féfer.

– D'abord, faut que j'prenne un kawa bien serré!

– Donne-lui un café! lance le grutier.

– Un café bien serré! Ça marche! beugle le loufiat.

– Alors ti racontes ou ti racontes pas!? interroge Abou qui vient de glavioter à terre sa chique de chema.

– Voilà un café bien serré!

– Merci... Mais où il est le café?

– Tu vois pas jeune homme... Il est au fond de la tasse...

– Mais y a que deux gouttes.

– Deux gouttes bien serrées valent mieux que vingt gouttes desserrées ! pouffe le barman.

– Alors ton rêve, c'est pour aujourd'hui ou pour demain? presse Féfer.

– Voilà les mecs... C'est pas croyable... J'ai rêvé que j'avais réussi mon stage d'adaptation volontaire... J'avais donc décidé de m'installer définitivement au bled... J'avais lu une annonce dans *El Moudjahid*... On demandait un plagiste pour l'hôtel des Sables d'Or à Zéralda... Mon travail consistait à ramasser les bouées que les estivants oubliaient un peu partout... C'est là que ça devient pas croyable !... Un beau matin, devinez qui j'ai vu arriver sur la plage?... Eh bien c'était toi Chérif !... T'étais à bout de force... Tu criais : « Une bouée, j'vais me noyer »... Tu criais aussi : « Je suis à sec ! J'ai soif ! »... J'ai couru chercher une canette de bière... Je t'avais balancé la canette et la bouée en même temps... Tu as failli te noyer parce qu'au lieu d'attraper la bouée, tu t'es jeté sur la canette... Mais rassure-toi, tu t'en es sorti... Un peu plus tard, c'est toi Abou qui arrivais complètement exténué... Tes vêtements tout mouillés te collaient à la peau. On aurait dit Bo Derek... Tu t'étais allongé sur le sable et tu hurlais : « Mais pourquoi t'as fais ça Féronique, ma protestante chérie »... Après tu t'es endormi sur la plage en pleurant... Encore un peu plus tard, c'était toi Féfer qui arrivais... T'étais archinase... J'ai même cru que t'allais mourir. T'étais tout blanc. Je suis allé te chercher une bouée... J'ai eu beaucoup de mal à te ramener... Tes Santiags étaient pleines de flotte... Tu pesais lourd... Tu délirais complètement. Tu disais : « J'vais tous les tuer ces enculés du Vieux Pays

Neuf »... Ensuite, tu t'es endormi... La suite j'm'en rappelle plus. J'avais trop mal à l'épaule, ça m'a réveillé...

– On s'en est tous bien sortis, dit Chérif tout heureux d'avoir trouvé une issue à son cauchemar.

– Ti parles pour toi, pour moi ça change riene di tout. J'en a être toujours cocu, grommelle Abou.

– L'important, c'est que grâce à Dieu vous soyez tous sains et saufs.

– C'est pas grâce à Dieu, c'est grâce à toi, ironise Féfer.

– Eh! garçon! Combien j'dois pour les cafés et la bière?

– Ça fait... francs.

– Laisse béton Omar, j'vais casquer, propose Féfer.

– Non laisse!

– J'ai de la ferraille sur moi. Je veux m'en débarrasser, insiste le guitariste.

– Si ça peut te faire plaisir mec!

Mon compatriote Féfer a payé les consommations et du même coup s'est soulagé les poches de son blouson.

– Bon moi, j'vais me passer un coup de flotte sur la gueule. J'me sens cradingue... J'en ai pour cinq minutes.

– Tu peux pas y aller Omar... C'est pas possible.

– Pourquoi?

– J'sais pas mais à moins que t'aies envie de patauger dans le dégueulis... Y en a partout...

– Ah d'accord, je vois, y z'ont tous gerbé leur poulet-petits pois? Tant pis, j'attendrai d'être rentré à La Garenne-Colombes...

★

On ne doit plus être très loin des côtes françaises. L'agitation fébrile qui règne sur le pont en est la preuve.

L'escalier qui mène à la cale où sont rangées les voitures est embouteillé par les allées et venues des voyageurs automobilistes.

– Alors la France c'est pour bientôt? demandai-je à Chérif en scrutant l'horizon.

– Ça devrait pas tarder », dit-il en cherchant dans le fond de sa poche sa montre sans bracelet, puis il ajoute : « Dans une demi-heure si tout va bien.

– Super! On va bientôt se tirer de ce rafiot, s'esclaffe Féfer.

– Ben moi les cosins, j'vas vous laisser. Faut que j'vas préparer mon z'affaires.

– T'as l'air content d'arriver Abou. Tu regrettes pas le bled?

– Icoute Omar. J'vas te dire une boune chose... Mon pays, c'est où j'dors le soir. Le reste ça l'a pas d'importance... Savoir si j'l'ai de la peine parce que j'a laissé mon famille darrière... Savoir si j'l'aime la France... Savoir qui j'i suis... Ça serve à rien di tout que j'm'a pose la question, parce que j'a pas de réponse, et j'l'aime pas fatiguer mon tête avec des questions qui l'ont pas de réponses... Ti comprends mon petite. (Puis il conclut en soupirant :) Faut que j'vas mettre de l'ordre dans mon valise sinon Féronique elle va pas être contente...

Mon Dieu que je voudrais te ressembler Ahmed Ben Khaddour *alias* Abou Batomic... Que j'aimerais ne pas me pourrir la vie avec des questions d'existentialisme qui n'ont ni queue ni tête et qui n'intéressent que moi et encore pas tout le temps... Que j'aimerais ne pas courir après mon arabité comme certains courent après leur bifteck... Il y a pourtant des jours où je la sens toute proche de moi. Elle me provoque, m'excite, m'effleure et me caresse. Alors, je tends une main docile et avenante. J'ai envie de l'enrober entre mes bras, la blottir très fort contre ma poitrine et lui baiser le front. Je veux l'apprivoiser. Il m'arrive même de lui murmurer qu'elle n'a rien à craindre, que je veux être son enfant, son ami, son amant, que je lui appartiens, qu'Ibn Khaldun ne me fait pas peur, je l'ai étudié... Wallou! Que dalle! Mes genoux!... La garce s'est encore glissée entre mes doigts. De rage je bondis, je tape du pied, je boxe les murs de ma chambre, je la supplie de revenir... Elle ne veut rien savoir : « ANI tu es, ANI tu resteras », ricane-t-elle cynique... Mais fais gaffe à toi arabité de mes deux. Tu ne joueras pas éternellement à cache-cache avec mézigue. Un de ces quatre, je te tomberai dessus par surprise, dussé-je employer les moyens les plus vils, et tu t'en mordras les doigts. Je t'en ferai voir des vertes et des pas mûres... Pour t'humilier, je serai prêt à tout... Je me sens même capable dans un baroud d'honneur d'adhérer à la confrérie des Frères musulmans... Tu sauras ainsi, grande folle, qu'on ne s'amuse pas impunément avec un ANI à tête chercheuse d'identité... Oui, mon cher Abou, tu me plais bien. J'aimerais te ressembler.

★

Le speaker du *Tassili* nous annonce de sa voix nasillarde que nous sommes priés de nous présenter au commissariat de bord afin de remplir les fiches de débarquement qui nous seront remises.

Le guitariste m'a fait comprendre qu'il s'en allait lui aussi mettre de l'ordre dans ses bagages et il s'est éclipsé. Chérif me propose de l'accompagner au commissariat pour que je lui remplisse sa fiche de débarquement. J'acquiesce par réflexe... D'ailleurs, j'en ai pris l'habitude, je me suis déjà improvisé écrivain public à plusieurs reprises.

En débarquant à Alger il y a trois semaines, une horde d'illettrés s'étaient rués sur moi pour que je leur remplisse leurs papiers administratifs. Certains allaient jusqu'à me proposer de l'argent... Au début j'étais gêné, j'avais pensé qu'il était malhonnête d'abuser de l'analphabétisme de pauvres travailleurs immigrés qui rentraient au pays. Mais plus la chaîne d'analphabètes s'allongeait derrière moi, plus mon sentiment de culpabilité disparaissait. J'ai même fini par tous les taxer du dinar symbolique; toutefois, pour les femmes je ne faisais pas payer, galanterie oblige!

Nous retirons nos fiches de débarquement. Chérif me tend son portefeuille.

– Non, non, donne-moi simplement ta carte de résidence.

Voilà, l'affaire des fiches de débarquement est réglée.

« Chérif, tu peux les remettre au commissariat.

– Oui... Merci Omar, tu m'as rendu un grand service. J'aime pas faire remplir mes papiers par des gens que je ne connais pas... Encore merci Omar.

– C'est pas la peine de me remercier... Que j'en remplisse une ou deux...

– J'apporte les papiers au commissariat et je te paie une bière!

– Non, t'es sympa Chérif, mais j'ai pas soif, et pis j'veux aller sur le pont pour voir la France arriver.

– Alors, je te rejoins de suite.

– Comme tu veux...

★

Nous sommes tous sur le pont comme au départ d'Alger. Nous attendons avec impatience que Madame la France daigne bien nous dévoiler le bout de ses côtes. A quelques pas de moi, le neveu du colonel Ben Cheikh observe l'horizon à l'aide d'une paire de jumelles. Nelly et Francine sont, elles aussi, au rendez-vous. A leurs pieds il y a leur couffin d'où jailliront d'ici quelques jours des souvenirs de vacances passées entre Oran et Bejaïa. Les blacks-panards attendent aussi que leur pays d'adoption montre le bout de son nez. Ils n'ont ni l'air enchanté ni l'air déçu... C'est la vie, semble penser M. Black-Panards. Petit Rouget Hakim, son loubiat de frangin, maman et papa ont rassemblé autour d'eux quelques valises de carton contenant sûrement les traditionnelles djellabas, les paires de babouches, les lézards du désert empaillés, les loukoums, les dattes et des photos de famille prises par un après-midi de bonheur ensoleillé, lors d'une circoncision ou d'un mariage. Je suis certain aussi, que dans leurs plus grosses valises, il y a l'espoir que l'an prochain, Inch'Allah, ils s'en retourneront en Algérie pour vivre leur vraie vie.

Chérif et Abou nous ont rejoints sur le pont.

– Elle est pas encore là, la Françа? demande Abou.

– Ben non, dis-je fébrile.

Féfer à son tour est arrivé, sa guitare en bandoulière et son sac à la main.

– Tu vas pas chercher ton sac Omar?

– Mais c'est vrai merde! J'avais oublié... J'y vais.

★

Quand je suis remonté sur le pont, le ciel s'était légèrement dégagé. Des mouettes tournoyaient autour du *Tassili.* Au large un chalutier croisait. Quelqu'un dans la foule a crié : « Ça y est, je la vois! » Tout le monde dans un même réflexe a regardé dans sa direction. En effet, la silhouette grisâtre des montagnes côtières se dessinait dans la brume. C'est drôle, je n'ai pas ressenti de pincement au cœur. Les premiers voiliers venaient à la rencontre du *Tassili,* comparés au plantureux ferry, ils paraissaient ridicules. Chérif s'est approché de moi une canette à la main.

– Dis Omar, moi j'remonte sur Paris, j'peux t'emmener si tu veux.

– Ouais, j'veux bien, ça m'arrange bien... Mais tu peux aussi emmener Féfer? il habite près de Paris.

– Bien sûr, c'est pas un problème.

J'ai annoncé à mon compatriote Féfer que Chérif allait nous remonter jusqu'à Paris. Il était heureux, il m'a offert une Marlboro en guise de remerciement.

Marseille s'était parfaitement détaché du paysage. Notre-Dame-de-la-Garde était là pour le confirmer. Les petites embarcations de pêcheurs, les petits voiliers, les planches à voile se comptaient par centaines. En l'espace de dix minutes, le pont fut quasiment désert. Tous les automobilistes-vacanciers-touristes-immigrés étaient descendus dans la cale rejoindre leur carrosse. Je n'eus même pas le temps de prendre le numéro de téléphone de Nelly. Elle avait disparu. Chérif et Féfer m'invitèrent à descendre dans le garage pour m'installer dans la voiture.

– Un instant, un instant les amis. Je regarde encore un tout petit peu et je vous rejoins.

– Ne traîne pas, fiston, me lança Chérif.

Le *Tassili* klaxonna trois fois dans le port... Et moi, je voyais déjà ma Garenne-Colombes.

CET OUVRAGE A ÉTÉ COMPOSÉ ET ACHEVÉ D'IMPRIMER
PAR L'IMPRIMERIE FLOCH À MAYENNE
DÉPÔT LÉGAL JUIN 1984. N° 6890 (21808)